原田マハ　日明 恩　森谷明子
山本幸久　吉永南央　伊坂幸太郎

エール！ 3

実業之日本社

実業之日本社文庫

contents

ヴィーナスの誕生

La Nascita di Venere

原田マハ

原田マハ（はらだ・まは）

1962年東京都生まれ。関西学院大学文学部日本文学科および早稲田大学第二文学部美術史科卒業。アートコンサルティング、キュレーターを経て、2006年、第1回日本ラブストーリー大賞受賞作『カフーを待ちわびて』でデビュー。12年、ルソーの名画をめぐるアートミステリー『楽園のカンヴァス』で第25回山本周五郎賞を受賞。『一分間だけ』『夏を喪《な》くす』『翼をください』『キネマの神様』『星がひとつほしいとの祈り』『本日は、お日柄もよく』『でーれーガールズ』『ジヴェルニーの食卓』『総理の夫』など著書多数。

〈本作品取材協力〉
朝日新聞社
ヤマトロジスティクス

ヴーヴー、ヴーヴー、ヴーヴー。

主任の作業着のポケットの中で、マナーモードの着信音が響いている。

きたっ。

とろんと眠気のヴェールが下りてきて、うっかりまぶたを閉じかけていた瞬間だった。感電したように、私は体を硬直させて、たちまち姿勢を正した。

寝坊してはいけないと、緊張のあまり夜中に何度も目が覚めてしまった。結局五時まえに起きて、早々に家を出、始発電車に乗って会社に向かった。

「しっかり睡眠取ったか」

私の顔を見て開口いちばん、主任に訊《き》かれて、

「はい。ぐっすりです」と、つい答えてしまった。ほんとうは、電車の中で「ぐっすり」だったんだけど。

いま、私がいるところ。四トントラックの助手席。成田空港第二ターミナル到着口にほど近い停車ポイントで、私たちを乗せたトラックは待機中だった。

「はい、大門《だいもん》です」

運転席の主任が電話に出た。私は、かちんこちんに体を硬直させたまま、ポケットからこっそりメモを取り出して、手の中に広げる。

（ボンジョールノ、シニョリーナ。ベンヴェヌータ・ア・ジャポネ。エ・ラ・スタンケッツァ？　ドルミート・スペッソ？）

「おい、何ぶつぶつ言ってるんだ。行くぞ」

携帯電話のフラップをぱちんと閉じて、主任が言った。私は、再び感電したように、「はいっ」と返事をすると、あわててメモをポケットに突っ込んだ。

「英語は全然ダメだけどちょっとだけイタリア語がいける、って噂《うわさ》、ほんとなわけだね？　穐山《あきやま》さんは」

主任と私のあいだに挟まれて、ピシッと背筋をのばしているのは、勝田《かつた》さん。本日、「貨物《クレート》」の取り扱いチームのメンバーである。

「いや、全然。もう十年以上もまえに、ほんの二ヶ月、語学留学しただけですから……」

私は赤くなって答えた。

ウィンカーを点滅させて、トラックがゆっくりと発進する。私たちが乗っているトラックは、急発進・急停車は禁物。もちろん法定速度はきっちり守る。会社の大鉄則を守り抜いている大門主任は、当然ながら万年ゴールド免許の超優良ドライバーだ。

　ボンジョールノ、シニョリーナ。ぶつぶつ、ぶつぶつ、口の中で繰り返していると、主任が「おい」とまた声をかけてきた。

「ボンジョルノだとかシニョリーナだとか、間違っても言うなよ。わざわざイタリア語で挨拶するのは、おれたちの役目じゃないんだからな」

　ぎょっとして、私は主任の横顔を見た。にこりともせずに、まっすぐ前を向いて、ハンドルを握っている。

「地獄耳ですね」と言うと、

「そっちのつぶやき声がでかいんじゃないの」と、主任の代わりに勝田さんが言った。

「いいか、余計なことは何も言わんでいい。海外からの『クーリエ』のアテンドは、暁星《ぎょうせい》新聞さんの役目なんだから、お任せしておけ。君の百倍、語学堪能だ」

　私は、思わず肩をすくめた。

　わかってる。クーリエにイタリア語で挨拶なんて、越権行為もいいとこだ。それに、実際には話しかける勇気なんてない。

　それでも、なんでも。とにかく、全身全霊、せいいっぱいの尊敬と愛情と喜びを込めて。

日本へようこそ！　と迎えたい。

もう、貨物室から下ろされたはずだ。もうすぐ、専用パレットに乗せられて、空港構内をゆっくり、ゆっくり、移動してくるのだ。――私たちのトラックが出迎えるポイントまで。

私、穐山かれん、三十二歳。

ヤマキ輸送株式会社・美術輸送班、輸送・展示担当スタッフ。

本日、日本初来日を果たした「イタリアの国宝」級の名画を、成田空港にてピックアップ。都内にある東京国際美術館まで、輸送。そして、開梱《かいこん》、展示するのだ。

その名画とは――ボッティチェッリ作「ヴィーナスの誕生」。

ああ、この胸の高鳴り、額ににじむ汗。ちょっとだけ、震える手。片思いの彼に告白するときだって、きっとこんなに緊張しない。

この緊張が、興奮が、どうか主任に気づかれませんように……。

「穐山」と、主任のシブい声。

「はいっ」と私、声が思い切りひっくり返っている。

「到着まえに、深呼吸、二、三回しとけ」

……って、とっくに気づかれてるか。


いまから一年まえのこと。

大門主任を初め、美術輸送班スタッフ七名が、東京国際美術館を訪れた。

私たちの直接の依頼主《クライアント》である暁星新聞社文化事業部部長・高野智之《たかのともゆき》さん、同プロジェクトリーダー・小町昌子《こまちまさこ》さん、ほか二名も同席。そして、美術館の担当学芸員三名も参加することになっていた。

その日の会議は、一年後に開催が迫った超大型海外展の展示作業について、検討が行われるキックオフ・ミーティングだった。

ウフィツィ美術館展――ボッティチェッリ「ヴィーナスの誕生」と初期ルネサンスの名品。

それが、私が担当メンバーに加えられた「大型海外美術館展」のタイトルだった。

いちおう世の中的には「名門」の冠が被《かぶ》せられる私立稲田《いなだ》大学で美術史を学び、学芸員の資格を取得。同大学院でイタリア美術史の修士論文も書いた。イタリア語を学ぶために、フィレンツェに短期の語学留学もした。

アートが好きで、好きで好きで大好きで、なんとかしてアート関係の仕事をみつけたかった。もちろん、美術館の学芸員になれれば言うことなしだけれど、美術館への就職は難易度が高いことで有名で、地方の小さな美術館が「新人学芸員求む」などと各大学の研究室に募集をかけたりすれば、たちまち何十人もの応募があるらしかった。そして実際、私が就職活動をしていたときには、いかなる美術館の募集も、自力ではみつけられなかったのだ。

結局、どこにも就職を決められないまま、大学院を修了した。仕方なく塾の講師のアルバイトなどして食いつないでいるとき、偶然、新聞広告でみつけた職場。それがヤマキ輸送・美術輸送班だった。

『美術品輸送・展示業務　スタッフ求む　学芸員資格・語学力・四トントラック免許保持者厚遇』という釣り文句——四トントラック免許というのが不明だったが——に魅《ひ》かれて、恐る恐る、面接を受けてみた。

曲がりなりにも展示作業にかかわるのだから、そりゃあ美術館の学芸部みたいな感じではないだろうけど、それなりにエレガントな雰囲気のある職場じゃないだろうか、などと根拠のないイメージを描いていた。が、会社は湾岸エリアにある倉庫街のど真ん中、事務所自体が倉庫の中だった。輸送会社だし、そりゃそうだよね……と自分を慰めつつ、勇気を奮って面接の椅子に座った。

そして、そのとき、私の目の前に座っていた、白髪頭で渋い面構えのおじさん。面接官なのに、スーツじゃなくて、作業服にスニーカー。うわ、なんだこの人、おっかなそうだな……というのが第一印象。上司にしたくないタイプかも……。

それが、大門主任だった。

主任と一緒に私の面接をしてくれたのは、輸送ロジスティクス担当の篠田朋子《しのだともこ》さん。海外から輸出されてくる美術品や文化財の通関申請をしたり、どう引き受けてどう輸送するか、スケジュールや作業内容を効率よく組み立て、実施するのが彼女の仕事である。

篠田さんは、終始笑顔で、テンポよく「美術品輸送」という、私にとってはまったく未知の仕事についていてていねいに説明してくれた。篠田さんの話を聞く限りでは、美術品の輸送・展示の作業は、実におもしろそうだった。

ヤマキ輸送は、宅配便でその名を全国的に知られている。が、美術品に特化した輸送は、実は宅配便よりも歴史が古く、戦後しばらくしてから、全国の美術館やデパートで展覧会が開催されるようになって、「美術品を安全・的確に輸送し、かつ、学芸員や依頼主の指示のもと、見栄えよくきっちりと展示する」特別な輸送・展示を各美術館やギャラリーに提案するようになり、いまでは個人に依頼される小さな個展から、国家レベルの大規模海外展まで、年間数百件の輸送・展示にかかわっている。

三十余名のスタッフの中には、この道三十年のベテランもいれば、発掘調査をしていた元考古学者もいる。そして、細やかな展示で重宝されていた女性スタッフもひとりだけいたのだが、家庭の事情で退職したということで、「女性の応募者は大歓迎です」と、篠田さんはにこやかに言った。

ガテン系な感じはするけれども、国内外の美術品に直接触れることが――「見る」ではなくて、ほんとうに「触れる」のだ――できるし、何より美術館の壁に掛かった状態ではなく、アートワークを間近に見ることができるのも魅力的だった。

さらに聞いてみると、チームのうちメンバーの半数は学芸員資格保有者だという。「資格などは必須ではありませんが、学芸員の有資格者や、文化財について専門的な知識を持っている方は、優遇させていただきます」

篠田さんのひと言で、私の心はぐぐっと傾いた。そして、「この道三十年のベテラン」である主任は、面接が終わるまで、ついにひと言も発しなかった。

以来、私はこの渋い面構えのおじさんの部下となって、お世辞にもエレガントではないが、美術品にじかに「触れる」ことのできる、刺激的かつ感動的な美術品輸送の世界にどっぷりと浸り、ひたすら鍛錬の日々を送っていた。

そして、その日、東京国際美術館の会議室で、私は肩に力を入れて、うつむいていた。

なぜなら、大型海外企画展、しかも日本・イタリア両国の国交○×周年記念という「国家レベル」の輸送・展示にかかわるのは初めてだから……ということもあるが、それより何より、その展覧会の目玉作品が、あの「ヴィーナスの誕生」なのである。その輸送と展示に、直接かかわれるなんて。

主任から、担当メンバー入りを言い渡されたとき、ほんとうに、その場で卒倒しかけた。

まさか、私が、この私が、あの、あのあの、あのあのあの、「ヴィーナスの誕生」の担当になるだなんて……。いや、っていうか、私、修士論文はボッティチェッリだったんですよ、いやいやいや、嘘《うそ》じゃなくてほんとに……。

そのとき、いつもは強面《こわもて》の主任が、私のあわてふためく様子を見ていて、ついに笑い出した。よほど、おもしろい顔だったに違いない。

さらに、私が緊張を高めた理由がもうひとつ、あった。

それは——。

会議室のドアが開いて、女性学芸員が入ってきた。私は、はっとして顔を上げた。彼女は、その場に並んだ顔をひと通り眺めると、

「お待たせしました。早速ですが、展示室へ参りましょうか」

颯爽《さっそう》と身を翻して、廊下へ出ていった。私たちは、いっせいに立ち上がると、全員、カルガモのヒナのように従順に、彼女の後に付き従った。

名乗りもせず、挨拶もしない、つんとして、愛想がない。それでも凛々《りり》しく、くやしいけどうっとりするほどきれいな、やり手の学芸員。

彼女の名は富坂亜弥《とみさかあや》。大学時代、私と同じ研究室に所属した、アートを愛する仲間だった。

四トントラックが、第二ターミナル到着口間近に停車した。

「お疲れさまです」と、後部座席に乗り込んできたのは、我が社のスタッフで通関を担当する冬柴《ふゆしば》さん。続いて、暁星新聞文化事業部の小町さん。

「お疲れさまです」主任と私は、声を合わせて呼応した。

小町さんの後から、長い金髪を無造作にまとめた女性が乗り込んできた。ウフィッツ

ィ美術館の学芸員、アンナ・トッシさんだ。いやでも緊張が高まってしまったが、「ボンジョールノ」と、思い切って声をかけた。余計な挨拶はするな、と主任に止められていたので、ほんのひと言だけ。

「ボンジョールノ」

アンナさんが、にこっと笑って応えてくれた。ほっとして、私も微笑《ほほえ》んだ。主任は渋い顔をしていたが、お咎《とが》めはなしだった。

我が社の美術品輸送トラックは、一見普通のトラックだが、特別仕様になっている。前の座席には我が社のスタッフが座る。後部座席に通常乗り込むのは、「クーリエ」など展覧会関係者だ。さらに後ろの貨物部分は、大切な美術品を積み込んでダメージなく運ぶために、さまざまな工夫が施されている。さらには、警備会社の車が一台、トラックを護衛してついてくる。

今回のように、海外美術館から作品を借りてきて展覧会をする場合、長い時間と大きな予算と多大な労力がかかる。準備段階から二、三年かかるのは当然のこと。その間、展覧会のテーマ、内容、展示の構成、そして貸し主との交渉など、膨大な業務が待ち構えている。

海外の美術館の場合、展覧会を創る業務の一切は、美術館内部で取り仕切る。が、日本の場合、海外から著名な作品を借りてきて展覧会をするとなると、保険料や輸送費など、膨大なコストがかかる。日本の美術館の貧弱な財政では、有名画家や海外著名美術館などの大規模展は到底実現できない。そこで登場するのが、マスコミの「文化事業部」なのだ。

大手新聞社やテレビ局の文化事業部は、美術館とともに、大型展の主催者となって、展覧会の企画立案から実施まで、現場をリードしていく役割を果たす。もちろん、展覧会開催にかかるほとんどの経費は、文化事業部が負担する。自社の媒体での宣伝やスポンサー集めも受け持つ。その代わり、入場料のほとんどや物販の売り上げは、事業部のものとなる。

海外の美術館や所蔵者との交渉のテーブルには、学芸員とともに、文化事業部の担当者がつくことも多い。そして輸送や保険の手配も、彼らが行う。とにかく、展覧会の企画立案から実施、さらには国内巡回館との交渉と実施、展示・撤収まで、文化事業部が責任を持ってする。それが「マスコミ主催型展覧会」の実態なのだ。

じゃあ美術館の学芸員は何もしないのかというと、そんなことはない。海外の美術館や所蔵家から貸し出される作品の選定、彼らとの交流、カタログや解説の執筆、展示の構成とディレクションなどなど、専門家としての知識をフル回転させて活躍する。

つまり、海外大型展は、マスコミの文化事業部と美術館のどちらにも利益をもたらす構造になっている。そして私たち日本人は、わざわざ海外まで足を運ばずとも、名画の数々を日本にいながらにして鑑賞できるというわけだ。

そしてその名画の数々を、日本で荷受けし、通関業務を行い、美術館へ運び、展示・撤収して、また海外へ送り出す——というのが、私たち美術輸送班の仕事なのである。

個人から美術館まで、「作品を運んで、展示してほしい」という人ならば、誰でも私たちの依頼主となるのだが、マスコミの文化事業部は、大口顧客でもあり、「えっ、そんな作品運ぶんですか!?」と驚くこともまれにある。

暁星新聞文化事業部の小町さんは、入社後すぐに文化事業部の配属となり、以来十五年間、展覧会のオーガナイズにかかわってきたベテランだ。美術展に限らず、博物館・科学館系展覧会にもかかわってきた彼女からは、当社へもさまざまな依頼が飛んでくる。

象牙を使った文化財などは、ワシントン条約で禁止されているので、通関がままならない。ホルマリン漬けの牛を作品にした現代アートや、象のフンを平面に貼付けた作品……これらを美術品であると証明し、通関するために、小町さんと我が社のロジスティクス担当篠田さんは、いつも「イヤな汗をかく」のだ。もちろん、輸送や展示作業にも、大変な苦労がつきまとう。

「いちばん苦労したのは、ミイラかな」と小町さんが教えてくれた。エジプトの考古学博物館から借りてきたミイラをトラックに乗せて、それに付き添って夜中に地方の美術館へ輸送したとき、後ろにミイラが乗っているかと思うと、背中が重たいような冷たいような感覚を覚えたという。私が担当だったら、とてもじゃないが、落ち着いていられなかっただろう。

本日、遠くフィレンツェから到着した「貨物《クレート》」を引き受けるために、私たち美術輸送班は、小町さんとともに成田空港へやってきた。ここでクレート、つまり「ヴィーナスの誕生」を含む十点余の美術品群を通関し、都内の美術館まで運び、開梱するのが、今日の私たちの業務だ。ちなみに、ウフィツィ美術館から借り出した作品は四十点余りだが、リスク分散のため、二日間・五便に分けて空輸している。明日もまた、チームの別のメンバーが、作品を引き取るために成田へ赴くことになっていた。

さぞ疲れているだろうに、気さくに挨拶を返してくれたアンナさんは、美術品と同じ飛行機に乗ってフィレンツェからやってきた「クーリエ」である。クーリエとは、作品が収蔵庫を離れる瞬間から展示されるまで、作品に付き添う人。作品所蔵先の美術館の学芸員や修復家がなることが多く、作品とともに来日して、輸送中に破損がないか、無事に展示されるかを、責任をもって見届ける。時差ボケで機嫌が悪い人もいるが、アンナさんは機嫌がよさそうだったので、私は心中、ほっとした。

小町さんとアンナさんは、英語で何か会話をしている。私は、本音をいえば、もっとアンナさんと話がしたかった。もちろん、輸送担当者が出しゃばる幕ではないのだが。

憧れのウフィツィ美術館の学芸員。そして、彼女が付き添ってきた「ヴィーナスの誕生」。

トラックがピックアップポイントに到着したら――いよいよ、このトラックに乗せられるのだ。

いまから、八年まえのこと。

私は、大学院の研究室で、恩師の柚原柊一郎《ゆずはらしゅういちろう》先生と向き合っていた。

柚原先生は、西洋美術史の、中でもイタリアルネサンスの権威で、アートかぶれだった高校時代から、私は先生の著作を読み漁《あさ》ってきた。稲田大の美術史に進路を決めたのも、ひとえに柚原先生がいたからこそ、である。

その柚原先生が、私の目を見ずに、机の上のパソコンの画面を見るともなしに見ながら、言った。

「正直、僕も困ってしまってね……君も、富坂さんも、それぞれに大変優秀だ。ひとりだけ推薦してくれと言われても、さて、どうしたものかと」

先生は、大きなため息をついた。大げさでなく、本気で困っているのがわかる。私は、膝の上に揃えた両手を、ぎゅっと握りしめた。

その日、私は、先生から「話がある」と研究室に呼び出された。何かと思ったら、就職先の紹介だった。めったに募集のかからない国立系美術館、東京国際美術館が、大学院新卒の学芸員をひとり、探しているという。

東京国際美術館は、名門中の名門、よほど優秀で強力なコネがなければ、新卒で学芸員に採用されることなど、まずありえない。どういう事情かわからなかったが、その「超難関」東国美が内々で学芸員を募集しているという。同館にコレクションがあるイタリアルネサンスを専門にしている人物が望ましいということで、柚原研究室に声がかかった。ただし、推薦は限定一名。そして、柚原先生は、富坂亜弥か私か、いずれかを推薦しようと考えているのだが、まずは、ふたりそれぞれの面接をしてから決めることにした――ということだった。

「亜弥に……富坂さんには、もう、伝えたんですか」

私が訊くと、

「いや、まだだ。富坂さんには、明日、話をする予定だよ」と、先生は答えた。

「そもそも、学芸員になりたいかどうか、仕事をきちんと責任もってやり遂げられるかどうか、それぞれの意向を聞きたいと思う。君は、どうかな。国立系美術館の業務は、もちろんやりがいがあるだろうけれど、大変でもある。一筋縄ではいかないだろうが……興味はあるかな？」

もちろん、興味がないはずがない。けれど、そのとき、私が真っ先に感じたことは、自分と亜弥とが天秤《てんびん》にかけられていることの心苦しさだった。

亜弥と私は、大学三年生のとき、美術史のゼミで一緒になり、以来、いちばんの友だちだった。

亜弥はジョット、私はボッティチェッリ。どちらもイタリア初期ルネサンスを研究課題に選んだ。いつも一緒に美術館に出かけ、文献を貸し借りし、お互いのアパートを行き来して、アートの話に花を咲かせた。お互い彼氏ができなかったのは、アートに熱中しすぎていたから。もっとも、亜弥は、通りすがりの人がはっと振り向くような古典的な美人で、彼氏がいないのは不思議なくらいだった。

ボッティチェッリの描くヴィーナスにどこか似ているな。私は、亜弥のことをそんなふうに思っていた。なんでも話せる友だちだけど、憧れにも似た気持ちが私の中にあったのは、そのせいだったからかもしれない。

大学院一年生の夏休みには、修士論文の準備も兼ねて、私たちは、一緒にフィレンツェへ語学留学した。ウフィツィ美術館から徒歩二十分のアパートをルームシェアして、毎日、学校帰りに美術館に立ち寄った。くる日もくる日も、飽きもせず、ヴィーナスや聖母やルネサンスの姫君たちを眺めて、閉館ぎりぎりまで、私たちは会話を重ねた。

きれいね。やっぱ、細部が光ってる。髪の毛一本一本まで、ほら、あんなに輝いてるじゃん？

うん、きれい。画家の神経がめちゃくちゃ研ぎすまされてる。心の全部が、ヴィーナスに向かってる、って感じ。

ヴィーナスをじいっとみつめていると、いつしかヴィーナスになって、さらにヴィーナスの中へと入っていくような感覚におちいった。

なかなか暮れない夏の夕暮れどき、街のあちこちで響き渡る教会の鐘の音を聞きながら、涼やかな風を頬に受けて、私たちはアルノ川沿いにどこまでも歩いていった。

胸の中は、ヴィーナスでいっぱいだった。明日も、あさってでも、また彼女に会いに行こう。美術館を後にしたとたん、そう誓わずにいられなかった。

ねえ、明日も会いにいく？

うん、明日も会いにいこう。

どちらからともなくそんなふうに言い合って、ほんと飽きないよねえ、と笑い合った。

そして、いよいよ明日は日本へ帰るという日の夜。ウフィツィ美術館を出たところで、亜弥が、思い詰めたような顔をして、言ったのだった。

ねえ、かれん。私も、修論、ボッティチェッリを中心にしたいんだけど、いいかな。

私、決めたの。「ヴィーナスの誕生」を研究して、いつか学芸員になって、あの作品を日本に連れていく、って。

あの作品を、もっとたくさんの日本人に見てもらいたい。もっと多くの人たちに、あの作品と会話してほしいから。

だけど、研究対象が一緒になっちゃうのは、かれんに悪いかな、と思って……。

私は、急いで否定した。

そんなことない。そんなことないよ。むしろ、うれしいよ。一緒に、「ヴィーナス」研究しよう。

あのときの、亜弥の顔。たったいま、夜が明けて、大きく開いた窓から朝日が差し込んできた。そんな感じの表情だった。朝日に照らされたように、輝いて、まぶしそうな顔だった。

亜弥と一緒に同じ課題に取り組めるのは、嘘ではなくうれしかった。けれど、それ以上に、私は驚いていた。

私だって「ヴィーナス」は大好きだ。二ヶ月近く毎日美術館に会いにいって、ますます興味を深めもした。でも、「日本に連れていきたい」なんて発想は、私の中には生まれなかった。

私は、自分が将来学芸員になるかどうかなんて、わからない。そりゃあそうなればいいけど、確率低そうだし、難しそうだし……。

ウフィツィの至宝中の至宝を、日本へ連れていって展覧会をするだなんて、想像もできないよ。

だけど……。

亜弥って、すごいな。ほんとにいつか、実現させちゃうんじゃないかな。そうなると、いいな。いつかそうなったら……私も何か、なんでもいいから、手伝えるといいな。

そんなふうに、思っていた。

柚原先生の研究室に呼ばれてから、一週間後。

東京国際美術館へ、面接のために出かけていったのは、私ではなく、亜弥だった。

守衛付きのゲートを越えて、成田空港の貨物荷受けポイントにトラックが入っていく。このゲートから向こうは、完全なセキュリティエリアになっている。美術品を搭載したカーゴが到着するポイントは、半屋外ながら、セキュリティレベルは最上級だ。大勢の関係者が、私たちのトラックを囲む。小町さん、アンナさんも下車して、トラックの後方、荷台の前に立った。

荷台のドアを開けて、クレートが到着するのを待つ。いよいよ、いよいよやってくるのだ。ここに、この場所に、あの「ヴィーナス」が。

ドアの前に立って、私はまたもや、かちんこちんに緊張していた。作品が入ったクレートが、パレットに載せられて現れるのを見た瞬間に、緊張が最高潮に達してしまった。足の裏から震えが上がってくるようだった。

ぽん、と肩を叩《たた》かれて、振り向くと、主任が恐い顔で立っている。私は、反射的に首を引っ込めそうになった。すると、主任が、ぼそぼそと小声で言った。

「『ヴィーナス』だろうと、無名の画家の作品だろうと、おんなじ気持ちで扱うこと。すべての作品は、世界にたったひとつの大切なものなんだからな」

まるで、主任が自分自身に言い聞かせているような口調だった。私は、はっとして、主任を見た。

――そうだ。その通りだ。

いままでも、いくつもの作品を扱ってきた。ひとつひとつ、どれもが、依頼主にとって大切な、世界にたったひとつの作品だった。

取り扱うものを、差別しない。すべて等しく貴重なものとして、細心の注意と集中力をもって、扱うこと。

初めて現場に向かうトラックの中で、主任にそう教えられた。主任はやっぱり強面だったが、その言葉は、私の胸の中にしっかりと宿った。

作業着に軍手、巻き尺にボールペン、スニーカー。おしゃれとは無縁なスタイルで、力仕事で、かなりガテン系で……最初はちょっとだけ抵抗があったけれど、アートワークにじかに触れられる喜びが、そんな気持ちを吹き飛ばしてくれた。

いまでは、こうして、誰よりもさきに、海外からやってきた作品に会うことができる。クレートの中から作品が現れる瞬間、放つ光を受け止めることができる。そのすばらしさは、何ものにも代え難いほどだ。

たったいま到着した作品たちを、無事に美術館へ届けること。いまは、それだけに集中しよう。

クレートを搭載したパレットが、トラックの荷台の高さまで持ち上げられる。航空会社の貨物担当者が何人かかかって、大きな箱をトラックの荷台へと移行する。荷台の上に乗って、主任と勝田さんと私が、それを受け止める。細心の注意を払って、緩衝材が内側に付けられた荷台の壁にベルトでしっかりとくくりつけ、さらしの紐《ひも》でさらに固定する。流れるような一連の作業。私の手は、もう震えてはいなかった。

アンナさんが両腕を組んで、私たちの作業を静かに見守っていた。そして、クレートの固定を完了して荷台から降りた私に向かって、「ベン・ファアッタ！」――いい仕事ね《いい仕事ね》――と短く言った。

私は、思わず笑みをこぼした。

分厚いキルティングの養生布を、展示室の床に敷く。

その上に、クレートを倒して寝かせる。そうっと、そうっと……そうっと。

しっかりとめられたボルトを、電動ドライバーを使って、ひとつひとつ、外していく。これは、主任の役割。ドライバーの衝撃が作品に伝わる時間をできるだけ短くするために、素早く、手際よく。

私は、少し離れたところで、片手に軍手を握りしめ、待機している。

私と対角線上の位置で、ファイルを胸に抱いて佇《たたず》んでいるのは、亜弥。東京国際美術館の学芸員になって、八年目。マスコミ文化事業部との共催展はもちろんのこと、自分の企画も次々に手掛けて、めきめき頭角を現している。あちこちの雑誌にコラムや評論を寄稿したり、シンポジウムにも出席したりして、いまや花形キュレーターだ。

夢がかなって学芸員になった亜弥。それに比べて、なかなか就職もできずにくすぶっていた私。

大学院を出たばかりの頃はときどき会っていたけれど、私の就職が決まってからは、以前のようには連絡できなくなっていた。

なぜなら、亜弥は、我が社の依頼主となる立場。プライベートで仲良くしたら、職場的にまずいかもしれない。そう思って、私のほうから連絡することを控えていたのだ。

亜弥は、私が美術輸送の専門業者に就職したことを喜んでくれた。けれど、その後、彼女のほうからも連絡が途絶えた。やはり、しばらくは会わないほうがお互いのためかもと思ったのかもしれなかった。

亜弥が担当した展覧会の輸送と展示に、いままで何度かかかわった。展示室で会う亜弥は、学生時代に無邪気に語り合った亜弥とは、別格に雰囲気が変わっていた。現場で会う私たちは、決してなれなれしく口をきいたりはしなかった。それは違うと私は思っていたし、亜弥もそう思っていたに違いない。

私たちは、お互いに学生時代は友だちだったことなど忘れたかのように、それぞれの仕事をまっとうするべく、真面目《まじめ》に、真摯に働いた。展示室での亜弥は、プロフェッショナルだった。その様子は、胸がすくほどだった。だから私も負けじとがんばった。

「はい、開けます」

ボルトを外し終わった主任が声をかけた。すかさず、勝田さんと私、あと二名の美術輸送班スタッフがクレートの四隅にしゃがんで、両側から同時に蓋を持ち上げる。そろり、そろり、そろりと。かたん、と乾いた音を立てて、蓋が外れた。

アンナさん、小町さん、そのほか周囲を囲んでいた関係者一同が、一歩、近づく。亜弥だけが、ぴくりとも動かない。一瞬、彼女と私の視線が合った。亜弥の目は、学生だった頃のように、新鮮な光に満ちて輝いていた。

梱包材や布で幾重にも包まれた、一七二・五×二七八・五センチの大カンヴァス。すばやく梱包の形状を見る。布の紐をほどき、梱包材をとめてあるマスキングテープを剝《は》がし、ゆっくり、ゆっくり、慎重に、一枚、一枚、外していく。

もうすぐ、現れる。このクレートの中から、誕生するのだ。私たちの「ヴィーナス」が。

――「ヴィーナスの誕生」の展示、やってみるか？

主任にそう問われたときは、心臓が止まりそうになった。返す言葉がみつからなくておろおろしている私の様子が、よほどおかしかったのか、主任は、いつもの強面を崩して、ついに笑い出した。

──どうしたんだよ。やるのか、やらないのか。どっちなんだ、え？

いいんですか、と私は、なおもうろたえながら応えた。

──いいんですか、私なんかが……その、チームに加わっても？

主任は、なおもくすくす笑いながら、言ったのだった。

──是非とも穐山さんに加わってほしいって、富坂先生直々のご指名だぞ。

作品を覆っていた布の最後の一枚が、外された。亜弥の足が、一歩、つんのめるように前へと動いた。

ヴィーナス誕生の瞬間を、私たちは、いま、目撃した。──一緒に。

心晴《こはる》日和

日明 恩

日明 恩（たちもり・めぐみ）
神奈川県生まれ。日本女子大学卒業。２００２年『それでも、警官は微笑《わら》う』で第25回メフィスト賞を受賞し、デビュー。警察や消防のリアルを緻密かつエンターテイメントとして描く手腕が評価される。著書に『そして、警官は奔《はし》る』『鎮火報 Fire's out』『埋《うず》み火 Fire's out』『ギフト』『ロード＆ゴー』『やがて、警官は微睡《ねむ》る』がある。

1

ジョギングシューズの紐《ひも》をつかんで強く引く。出来上がったばかりの結び目よりも硬く唇を結んでいるのに気づいて、大きく息を吐き出した。新しい職場になってから身についた悪癖だ。またやっちゃったと反省しながら、両手の指を唇を挟むように押し当てると、頬骨に向けてぐっと押し上げて、そのまましばらくキープする。

あれは異動して二週間後のことだ。朝起きて鏡に映る自分を見て、あまりの法令線の深さに驚愕《きょうがく》した。このままでは大変なことになってしまうとあわてて始めてみたものの、それから半年が過ぎようとしているけれど、その効果のほどは定かではない。でも、焼け石に水だろうと、やらないよりはましだと信じてし続けている。

ただこの涙ぐましい努力をするたびに、上司の秋川《あきかわ》司令補から「また、アッチョンブリケになってるぞ!」と注意される。

四十歳を過ぎた同僚はすぐさまぴんと来たらしく、皆笑ったけれど、二十八歳の私には何のことやらまったく判《わか》らない。携帯でネット検索してみると、手塚治虫の漫画のキャラクターの女の子が、両手を両頬に強く押しつけて顔を潰しながら言う言葉だった。

　ぷうと膨れた頬と、ひよこのように突き出た唇が可愛《かわい》らしい。でもこれはオモシロ顔、私のは違いますと言い返したいのは山々だ。けれどポーズの理由を説明したくないから、黙っている。

　立ちあがった私の目の前を、頭の先から靴までカラフルなスポーツウェアに身を包んだランナーが駆け抜けていく。

　オフィス街に近く信号もない一周五キロの皇居の周辺は、人気のランニング・スポットだ。午後六時を過ぎると通称・皇居ランナーたちが集結し、途切れることなく走っている。

　大縄飛びに加わる要領で、隙間《すきま》を見つけて流れに加わる。すぐさまスピードを上げると、前を行くアディダス係長を追い抜いた。

　同じ時間帯に走るランナーは多く、よく見かける人もいる。私はその中の幾人かに、自分なりのあだ名を付けている。アディダス係長は、いつも頭のてっぺんから爪先まで全身アディダスを着ていて、年の頃や見た目がまさに「THE係長」な風情だから。

　さらに前を走るランナーを追い抜こうと、照準を合わせる。変に足を跳ね上げる走り方と、丸みを帯びた体格の男性にも見覚えがある。走り方のせいで、シューズの裏が見える。さらに近づくとシューズの裏のマークがはっきり見えた。

――おろしたてのにゃーだ。

靴の裏にある躍動感のある豹《ひょう》のマークは、まったく磨《す》り減ってもいなければ、薄汚れてもいない。つまりシューズはおろしたて。豹なのににゃーなのは、豹扱いするには豹に申し訳ないから。あんなにおかしな走り方で、しかも遅いのだから豹ではなく猫でにゃー。でも正直、猫にも申し訳ないと思っている。

加速して横に並んだ。丸顔に銀縁眼鏡、まだ走り出してさほど時間も経《た》っていないだろうに、顔や首にはすでにびっしりと汗が浮いている。

おろしたてのにゃーが、私に気づいて会釈した。彼は私と会う度に、にこやかな笑みを浮かべて挨拶してくれる。もちろん同じランナー同士の気安い挨拶なのは判っている。私も返すべきなのも。けれど、気づかなかったふりをして、一気に抜き去った。

申し訳ないけれど、私は彼が苦手だ。別に何かをされたわけではない。生理的に無理なんて、高飛車な理由からでもない。私は外見で男性を選ばない。見た目だけならば悪くない男性ばかりに取り囲まれる職場にいれば、誰だってそうなると思う。でも彼は別だ。彼を見るといらいらするのだ。

追い抜き、引き離して少しだけ気分が良くなる。ランナーの中にはマラソンのレースに参加しているような本格的な人もいるが、おろしたてのにゃーのような初心者も多い。

そういう人たちの走る理由は健康のためだろう。それが悪いとは言わない。でも、私の近くは走らないで欲しい。もっと言うなら、視界に入って欲しくない。私の邪魔をしないで欲しい。


無心に走っているはずなのに、頭の中に浮かぶのはいつも同じことばかりだ。

『中村心晴《なかむらこはる》　四月八日付で、東京消防庁災害救急情報センター勤務を命ず。』

足下をすくわれる、目の前が暗くなる、心にぽっかり穴が開く。ショックを受けたときの表現はいくつもある。でもこの辞令を受けたときの私の気持ちは、どれか一つで表すことなど無理だった。全部がまとめて同時に来たとしても、まだ足りない。

消防官の進路は、基本的に本人の希望が優先される。消火のスペシャリストを目指す者は、所属する署や乗車する車種が変わったとしても消防車に乗車しつづけるし、救急を志す者もまたしかりだ。レスキュー隊やヘリのパイロットなど、さらなるスペシャリストを目指す場合は、必要な体験を積み、試験に合格するための経歴になるように、人事異動が組まれる。

消防士になりたかった。真っ赤なポンプ車に乗り、誰よりも先に火災現場に着き、困っている人を助け、燃えさかる炎を消す――。

小学三年生のとき、近所で起こった火事に猛然と立ち向かう消防隊員を見た。その光景は幼心にくっきりと焼き付いた。そして決めたのだ。私は消防士になると。

小学校、中学校、高校と、卒業文集の「将来の夢」には、一様にそう書いた。でも短大では書いていない。東京消防庁への入庁が決まっていたからだ。

入庁して、すぐさま現実を突きつけられた。東京消防庁では女性消防官がホースを持って消火活動をすることはほとんどないという事実を知ったのだ。がっかりはしたけれど、消防指揮隊車の通信担当や、ポンプ車の機関員――運転手をしている女性消防官はいると知って、すぐさま立ち直った。それこそ、私が最初のホース担当になってやろうとすら、そのときは思っていた。

ある意味地獄の日々だったけれど、今となっては良い思い出の半年の消防学校生活を終えた私に下された最初の配属先は小平署《こだいら》だった。所属は希望通りの消防隊。指揮隊車で無線担当――伝令を担当した。

火災や災害現場での情報を収集し、スムーズな活動が出来るよう隊や本部に伝える、それが伝令の仕事だ。ホースを手に消火活動をするわけではないけれど、でもこれもまた欠かすことは出来ない消防隊の大切な役割だ。先輩方に叱られ、鍛えられながら、必死に働いた。もちろんその間に、機関員になるための努力も怠らなかった。

機関員になるためには、庁外と庁内の資格を得る必要がある。まずは道路交通法に定められている普通免許。免許歴が通算して二年以上でないと、機関員になる第一歩の選抜試験すら受けられない。

当時まだ普通自動車免許を取得していなかった私は、あわてて自動車教習所に通った。ノーミスで卒業し、運転免許試験も一度で受かり、二十一歳の秋、それも誕生日に晴れて普通自動車免許を取得した。ただ、そこから二年以上経たなければ選抜試験は受けられない。もちろん、この二年を無駄にはしなかった。その間に中型免許及び大型免許を取ると決めていたのだ。

ポンプ車は普通免許で運転できるけれど、はしご車をはじめとするその他の消防車は普通のトラックを改造したものだから、運転するのには中型免許及び大型免許が必要だ。そして再び自動車教習所の門を叩《たた》いた私を待っていたのは、ちょっと嬉《うれ》しい状況だった。

最近は大型トラックを運転する女性ドライバーも増えている。でも男女比では男性の方がまだまだ多い。そういう環境だったので、教習を受けている間、まさかのアイドル気分を味わえたのだ。誰にも言っていない秘密だけれど、あのときは男性からの食事の誘いが途切れなかった。でも、私はすべて断ってしまった。目指すは機関員。恋愛なんて二の次よ、とばかりに。

それで今はどうかと言うと、「ナウ・オン・セール」継続中だ。

短大時代のボーイフレンドとは、消防学校に入学した頃からじりじりと疎遠になって、卒業する頃には完全消滅してしまった。それを最後に、異性に取り囲まれる職に就いているのに、とんと御縁がない。

学生時代の女友達から、「素敵な男性がうじゃうじゃいそうな職場」と羨ましがられるけれど、これに関して私は、いつもずるいと思っている。

人を救う仕事に就いていて、顔はさておき、体はいつも鍛えている。精神的にも肉体的にも、人としてモテる要素が消防官に揃《そろ》っているというのは私にも判る。事実、消防官はモテる。ただし男性のみ。

男性消防官は仕事柄よく出会う女性看護師をはじめ、消防官、ことにレスキューに憧れる女性にもよくモテる。ネット上には消防官と出会いたい、合コンしたいと望む女性がたくさんいて、そのためのサイトもあるという。では女性消防官はどうかと言うと、まったくだ。まったくモテない。それこそ、仕事で病院に行くのは男女とも同じだけれど、医師や男性看護師と恋の花咲くことなど、まずない。

消防官は、未《いま》だに男社会のイメージが強い。だからどこかしらにガサツで下品な印象を持たれたとしても、それは仕方ない。でもそれがモテるモテないの場になると、男性消防官はプラスイメージになるのに、女性消防官だとマイナスイメージになるのは納得がいかない。

でも、職場内では女性が少ないのだし、モテるんじゃないの？　と聞かれたことがある。正直、それも微妙だ。男性消防官からすると女性消防官は、気の置けない仲間にしか見えないし、女性消防官も、またしかりだからだ。

そんなこんなで、未だ私は彼氏なし状態だ。タイムマシンがあるのなら、あのときの自動車教習所に行って、過去の私に「断らないで！」と、全身全霊の本気で頼むだろう。「せめて連絡先を交換して」とも。当人たちはさておき、人脈から何かが起こるかもしれないから、と。――ともかくも、中型と大型の免許は無事に取得出来た。だがその年は選抜試験を受けられなかった。普通免許取得二年以上の条件と、試験の日程が合わなかったからだ。

翌年、意気込んで選抜試験に臨んだが、残念ながら不合格だった。もちろん私はめげなかった。翌年のリベンジを誓った矢先に異動の辞令を受けた。配属先は上野署。

そこでもまた、指揮隊の伝令を任された。異動してしばらくは新しい職場に慣れるのに懸命で、タイミング的に選抜試験を受ける機会を逸してしまった。一年が過ぎて落ち着いてきた二十六歳の秋に、再度受験した。だが、またダメだった。二回続けて不合格となると、さすがにくじけそうになる。でも諦めなかった。来年こそ、三度目こそと心に誓って、また挑戦した。でもまた不合格に終わった。さすがにめげた。向いていないのかも、とも考えた。それでも諦められなかった。ここで止めてしまったら、中型と大型の免許を取った意味がなくなってしまう。

いや、免許なのだから意味はあるのは判っている。それこそ定年を迎えたあとでも、すぐさまトラック・ドライバーへの転職は可能だし。でも機関員を目指す私にとっては、意味がなくなったもどうぜんだ。

次こそと闘志を燃やしていた上野署での四年目の三月、とつぜん異動の内辞が下った。

四月八日付けで東京消防庁災害救急情報センターに行け、そう命じられたのだ。災害救急情報センターは皇居の向かい側にある東京消防本庁内にある。近くには三井物産などの日本有数の大企業の本社ばかり。再開発されて、レストランやショップがたくさん入っている商業ビルがいくつもある丸の内も近いし、少し足を延ばせば銀座だ。企業勤めのオフィス・レディならば、嬉しく思う人も多いはずだ。でも、私は違う。

頭に浮かんだのは、「どうして？」の五文字だった。

災害救急情報センターは東京二十三区の一一九番通報を受け付ける。つまり、都民の最初の悲鳴を聞く場所だ。通報内容を聞き、一番適した消防隊や救急隊を出場させる、言わば東京二十三区の消防のすべてをまとめる心臓部だ。どれだけ優秀な消防隊やレスキュー隊や救急隊がいたとしても、センターが通報を受け付けなければ、救える人も救えない。災害救助の最初を担う、重要で大切な仕事だ。それは私も充分に判っている。だとしても、現場ではない。

――どうして現場を外されたの？

――現場に向かないと思われるような失敗をした？

上野署での日々を、私は何度となく思い返した。失敗がなかったとは言わない。でも、概ね、きちんとこなしてきたつもりだ。

もちろんこれは自己評価でしかない。もしかしたら、自分では気づいていないだけかも、という恐れが頭をかすめる。――いやいや、そんなことない！　と、懸念を必死に振り払う。

でも「どうして？」の五文字は頭から消えることはない。やはり、理由は自分にあるのでは、という不安も。

配属されて半年を過ぎようとする今もなお、頭の中でその問答を繰り返している。さらに唇を強く結ぶ悪癖もついた。法令線を指で延ばすという、あまりみっともよくない癖もだ。異動してよいことなど、私には何一つない。それこそ、せっかく親が名付けてくれた心晴という名とは裏腹に、配属以来、心が晴れたことがない。

気配を感じてちらりと振り向くと、追い抜いたおろしたてのにゃーが二メートルほどに迫っていた。暗い気持ちにつられて走るペースが落ちていたらしい。速度を上げると、あっという間に吐息が聞こえなくなった。

――ダメダメ、こんなことじゃ。

気持ちを引き締めなおして、腕時計を確認する。いつもよりペースが遅い。雑念を振り払い、走ることだけに集中する。

東京消防庁では配属されたら、よっぽどの事情がない限り、最低でも二年間は異動することはない。もちろん災害救急情報センターもだ。二年間我慢すれば、そう思って新しい職場でがんばろうと決めた。けれど、そんな私の気持ちをくじくような、他の部にはない、災害救急情報センターならではの、恐ろしい事実があることを知ってしまった。

一つ目は、現場職より給料が下がってしまうことだ。現場では出場の度に、小銭程度の少額だけれど、それでも特別手当が出る。塵《ちり》も積もれば山となる。実際に出場回数の多い救急隊はけっこうな額になっている。でも現場と同じく交替勤なのに、センターには特別手当はない。出場がないのだから当たり前だけれど、以前より収入が落ちるとやはり凹《へこ》むし、現実として厳しい。

二つ目は、在籍中に階級が上らなければ異動は出来ないということ。三つ目はさらに恐ろしい。この職場では、出戻り率が異様に高いということだ。

なんとか筆記試験に受かって階級を上げて最短の二年で異動出来たとしよう。でもそれまでの二年間の座りの事務仕事で、体力が落ちてしまう。

めでたく現場に戻れたとしても、体力不足で不適任とされたら、前歴重視の風潮も加わって、またセンターに戻される。これが出戻り率の高さの正体だ。

今は二十八歳。異動出来る二年後には三十歳。三十歳と頭に浮かんだとたん、私は焦りだした。

男性だって三十歳を過ぎれば、意識して維持を図らない限り、体力は落ちる。まして女の私では、――考えるだけでも恐ろしい。

「女三十歳、崖っぷち」というキャッチコピーを見たことがある。小説かTVドラマか映画かは忘れたけれど、人ごとだと思っていた。まさか、それが私のキャッチコピーになる日が来るとは思ってもいなかった。

こうなったら、何が何でも体力を落とすわけにはいかない。またセンターに戻されて堪《たま》るものか――。

だから私は走っている。それこそ、風が強かろうと、少しくらいの雨が降ろうともだ。現場に戻る二年後のために。何よりも、現場で助けを求める人たちのために。間違っても、靴底が磨り減るどころか、汚れてすらいない、おろしたてのにゃーのような人たちとは、一緒にされたくない。

申し訳ないけれど、これが私の本心だ。決意も新たに両脚に力を込め直し、さらにスピードを上げた。

2

週休明けで出勤する。今日は午前八時半から午後五時十五分までの日勤だ。休日の二日とも、単身寮の近くにあるシティ・フィットネスに通い、マシンにスタジオにプールにと、しっかり体を動かした。気分も一新、前向きな気持ちで出勤する――はずだった。寮の部屋を出て、最寄りの門前仲町《もんぜんなかちょう》に着くまでは。

歩き出してすぐに、緊急車両のサイレン音が聞こえた。所属する組織と車種と状況でサイレン音は異なる。

消防車二台と救急車一台のようだ。三台同時ということは特命出場だ。火事で人命救助の必要性もある現場に違いない。首を伸ばして周囲を見回すが、目視できる場所ではないらしく煙は見えない。

サイレン音がひときわ大きくなった。道路を曲がって水槽付きポンプ車が現れた。先を進むヤマキ輸送の宅配便のトラックが、徐行して道を譲ってくれた。ヤマキのような大きな会社のドライバーはマナーが良く、協力的でありがたい。「ご協力に感謝します」のアナウンスと共に、水槽付きポンプ車が追い抜いて行く。思わず注視した。フロントガラスから見える機関員と中隊長は知らない人だ。それでも立ち止まって一礼する。顔を上げた瞬間、後部座席の窓から男性隊員の顔が見えた。防火帽を被《かぶ》って前を見据える男性の目は輝いていて、頬も紅潮している。

――吉田《よしだ》君だ。

とっさに私は顔を伏せた。

後部座席にいたのは、半年前まで同じ上野署にいた後輩だった。署内最年少で入庁規定ギリギリの身長と体重の吉田君は、うっかりミスの多い、お世辞にも優秀な隊員ではなかった。何度注意されてもホースの巻き方が甘かったり、訓練中にロープを踏んでしまったりと失敗を繰り返し、そのたびに罰則として中隊長から腕立て伏せや腹筋をさせられていた。

他にも数々あった。中でもはっきり覚えているのは、火災出場司令を受けた際に、「やった、チャンスだ！」と言ってしまうことだ。

一人前の消防官になるには、現場の経験を積むことが一番だ。そう言いたくなる気持ちは、消防官ならば誰でも判る。けれど火災の当事者の心情を考えたら、口が裂けても言ってはならない。このあたりは、消防官は医者や看護師と似ている。

けれど、吉田君は出場司令を受けるたびに言ってしまう。そしてその度に中隊長からきつく叱られていた。半年以上が過ぎて、ようやく声には出さなくなったけれど、それでも期待に胸膨らませ、わくわくしているのは、顔を見れば周囲に伝わった。

「嬉しそうな顔をするな！」

瀬下《せした》中隊長に怒鳴られて、沸き立つ気持ちを抑え、なんとか神妙な面持ちを作ろうと百面相していた吉田君に、私だけでなく、他の隊員達も笑いを堪《こら》えるのに必死だった。

ふと背後のパン屋のウィンドウに目が向いた。映っていたのは、今にも泣き出しそうな顔の私だった。目を背けて足早に駅に向かう。

――後輩が元気にしているのを見て、喜べないなんて。

――あんなに失敗ばかりしていた吉田君は月島《つきしま》のポンプ隊なのに、どうして私は。

地下鉄の車中、交互にこの二つのことを考え続けていたせいか、大手町に着く頃には、部屋を出たときの前向きな気持ちは消え失せていた。

身分証明書を警備の人に見せて本庁舎内に入り、ロッカー室へ向かう。本庁舎内では、平日の日勤は制服で、夜勤の当番のときは執務服着用が義務づけられている。今日は日勤なので、制服に着替える。

途中、すれ違う何名もの同僚に挨拶をする。ウィンドウに映っていた泣き出しそうな顔が頭にちらついて、必要以上に明るく挨拶をする。そのせいか、「心晴ちゃん、ご機嫌じゃない」と、センターの同僚であり、先輩の目黒《めぐろ》さんに言われた。

「そんなことないですよ」

なんとか返す。変な努力をしたせいで、ますます労力を重ねなければならない自分に嫌気が差して、またもや泣きたくなった。

けれど、いつまでも、くよくよしてはいられない。一一九番通報は待ってはくれない。

重苦しい気持ちを振り払うように、私は顔を上げてセンターに向かった。

名札の付いていないベージュ色の金属製のドアを引き開ける。名札がない理由は、災害救急情報センターが建物のどこにあるかを知られないためだ。もしもこの部屋が、よからぬ輩の攻撃を受けたとしたら、東京の救急救命は壊滅してしまう。だから用心のために、取材などを受けたときは、本庁内の何階にあるか口外しないように頼んでいる。

室内に入ると、正面に巨大なディスプレーが二つある。さらに中央の通路を挟んで左右に五台ずつ、二列に配置された合計二十台の司令台の上にも、それぞれ五台のディスプレーが乗っている。これらの司令台を使って一班九人の四班、総勢三十六名が東京二十三区、年間百万件強、一日あたり三千件もの一一九番通報を交代制で受け付けて、通報内容に応じて必要な消防隊や救急隊を編成し、出場司令を出している。

室内用のスリッパに履き替えてから、一段高い室内に上がる。靴を替えるのは、室内に余計な物を持ち込まないためだ。

　通報受付も出場司令も、すべては電子機器頼りのため、機械の機能停止に至りそうな水分やゴミやほこりなどの要素はすべて排除しなければならない。とうぜん席で飲物など、もってのほかだ。喉が渇いたら、食事の休憩時や当番交代時、あるいは九十分の勤務の後の三十分の休憩時を狙って室外で飲むしかない。九十分勤務の後に三十分の休憩と聞けば、休みが多いと言われるけれど、実際のところは引き継ぎで時間を取られて、休憩自体が消えてなくなることも多い。

　室内の床が一段高いのにも、とうぜん理由がある。大量の電子機器のコードをむき出しにしないよう、床を高くしてその下で配線をしているからだ。

　前日の夜勤を担当した三班の職員に挨拶して、そのまま引き継ぎをする。継続中の火災や、経過を追わなければならない出場はなかった。引き継ぎを終えて、速やかに自分の司令台に向かう。

　さまざまな電子機器に取り囲まれた室内に、人によっては映画やＴＶドラマや漫画の登場人物気分になれてうきうきしたりもするらしいが、私には日常で、しかも失敗が許されない仕事の場なだけに、何の感慨もない。

　席に腰かけて、ヘッドセットを装着する。

――まずは落ち着くこと。

焦っている通報者に呑《の》まれずに、必要な情報を必ず聞き出す。質問は詰め込みすぎない。一つの発言で一つの質問。話し方は親しすぎず、冷たすぎず、絶対に事務的と取られないように注意する。通報者とは適度な距離感を保つ。無言は厳禁――。

通報受付の注意点を声には出さずに、胸の中で呟《つぶや》き終えたとたん、さっそく通報が入った。タッチパネルの右端の一一九番共通受付が赤く点灯する。素早く指で触れて通報を受け付ける。

「はい、東京消防庁です。火事ですか？　救急ですか？」

通報を受け付けた段階で、ＧＰＳ機能で通報者のいるだいたいの位置の地図が地図表示ディスプレーに出る。大田区だと確認しながら、今度は火災等現場検索のモニターに目を向ける。

管内の消防隊、救急隊の動きは、火災等現場検索のモニターに表示され、一目で判るようになっている。それを見て現場にもっとも早く到着できる消防隊や救急隊を検索しながら、周辺の隊の状況を確認する。

通報を受けて、司令を出す。このときの通信員の判断が、のちの救急活動を大きく左右するだけに真剣勝負だ。

「あのぉ」

聞こえてきたどこか威圧的な女性の第一声に、思わず私は眉間に皺《しわ》を寄せた。

どちらかをすぐに答えない場合の多くは、緊急性がない、つまり本来の一一九番通報ではない可能性が高いからだ。もちろん消防車や救急車を呼ぶべきか迷って相談するケースもあるけれど。

「消防ですか？　救急ですか？」

気を緩めずに、再度訊《たず》ねる。

「何度も電話をしているのに、息子から返事がないんです」

返事がないということは、電話に出られない。ならば救急だろう。そう考えて私は次に進める。

「救急ということでよろしいですね？　それでは、まずは住所を」

手元のパッドに書き込むべく、タブレットペンを手に身構える。

「ですから、救急車が必要なのではなくて」

予想外の返答に戸惑う。

「息子さんのところに、救急隊を向かわせるのでは」

「ちょっとあなた、人の話を聞きなさいよ！」

とつぜん女性が高音を張り上げた。耳がきーんとする。救急車でないとすると、消防車が必要ということだろうか？　顔を顰《しか》めつつ、それでも訊ねる。

「では、消防ですか？」

「消防車なんて、冗談じゃないわ！」

私の声を吹き飛ばすように、女性が叫んだ。

救急車でも消防車でもないとなると、何を向かわせればよいのだろう。困惑しながらも「無言は厳禁」を思い出す。とにかく何か言わなくては。

「それでは」と言う私に、女性はさらに続ける。

「いいから黙って、最後までアタクシの話を聞きなさい！」

きつい言葉に身が竦《すく》んだ。

消防学校時代に同期とよく話した言葉が頭を過《よ》ぎった。

他の職業よりも、消防官は人から怒鳴られる回数が絶対に多いよね——。

消防学校の半年間、とにかく叱られた。卒業式の日まで白い歯は見せないと心に誓って指導に臨む教官が、生徒全員を一人前の消防官に育て上げようとしているのだからとうぜんだ。

でも今の職場に異動して半年、消防学校時代の怒鳴られ回数記録はあっという間に塗り替えられた。それも自分の失敗による先輩からのではなく、通報者からの理不尽としか言いようのない、鬱憤晴らしや八つ当たりでだ。

相手は焦っている状況の通報者だ。望みは叶《かな》えられると思い込んでいる。そして自分の言いたいことを言い、して欲しいことだけを言う。それを中断されたり、望むとおりに事が運ばないと判ったとたん、怒りを爆発させ、敵意むき出しで攻撃してくる。こちらにはまったく責任はないのに、罵詈雑言《ばりぞうごん》を浴びせてくるのだ。

「ちょっと、あなた、聞いてる?」

「はい」と答える。そのとき頸筋《くびすじ》に視線を感じた。十四番の司令台からだ。

通信受付から出場司令までがスムーズに進んでいない台をみつけて指導する。それが十四番司令台担当の役目だ。

振り向かなくても、イスの背もたれに身を預けて視線だけでこちらを見ている秋川司令補の姿が見える。

「一昨日《おととい》から、息子の家にも携帯にも何度連絡しても返事がないんです。何かあったんじゃないかと心配だから、様子を見に行って欲しいと言っているのっ!」

キンキン声に引き戻される。

電話に出ない相手の様子を見に行くとなると、相手の所在の状況によって出場隊が変わってくる。場合によっては、はしご車やレスキュー隊が必要かもしれない。

「まずは息子さんのご自宅の住所を」

「自宅にはおりませんっ。出勤しております」

答えに混乱する。出勤しているのなら、職場に電話をすればよいこと――そうか、いるであろう職場に電話しても出ないからの通報か。自分なりの推測に、自ら納得する。

自宅でなく職場にいるのなら、そちらに向かわせればよい。ならば、通報者の居場所を示している地図表示は役に立たない。

「では、職場の住所を」

改めて相手の住所を訊ねた。

「職場には絶対に連絡するなって言われているんですっ！」

またもや怒鳴られて、耳がきーんとする。そこから女性は、息継ぎしているのか不安になるほどの勢いでまくし立てつづけた。

先週末の金曜の夜から、息子の自宅の電話と携帯電話の両方に掛けているのだが、連絡が取れない。以前は電話にもすぐ出たし、用があると言えば実家にもすぐ来た。新居にも呼んでくれた。けれど最近は実家に寄りつかなくなり、新居にも呼んでくれない。さらに電話にもあまり出なくなった。仕方なく職場に電話を掛けていたのだが、先日、職場には電話をするなときつく叱られた。絶対に嫁のせいだ――。

タブレットペンを持った右手を、机の上に下ろした。

――一回目からはずれだわ。

残念ながら、この手の通報は少なくない。一一九番は、二十四時間、三百六十五日、何時であろうが、掛ければ必ず誰かが出る。人の危機を救う仕事だからなのか、話を聞いてくれると思っているらしく、通報ではない電話も頻繁に掛かってくる。

張っていた気を緩めたとたん、となりの司令台に一一九番共通受付のランプが点灯する。三年先輩の沼田《ぬまた》さんが受け付けた。

「はい、東京消防庁です。火事ですか？　救急ですか？　――落ち着いて下さい」

通報者に呼びかける声に、それまでとは違うわずかな変化を感じて沼田さんを見る。

ディスプレーの地図上には、広い範囲で赤い丸が表示されていた。ＧＰＳ機能付きの携帯電話からの通報に、思わず安堵《あんど》する。

携帯電話の普及によって、どんな場所からでも電波の通じる場所であれば一一九番通報が出来るようになった。実際、年間の通報の三十パーセント以上が携帯電話からの通報だ。その結果、救える人命は増えた。だがよいことばかりではない。

固定電話ならば番号から場所が判明するシステムになっているが、携帯電話では通報者が事故などの場所や、救急隊などが来る際の目標物を伝える必要がある。切羽詰まった状況や、初めて訪れた場所などでは、通報者もスムーズに居場所を伝えられないケースも多い。その状況を打破すべく活用されたのが、携帯電話の基地局から通報者の位置を三角法で割り出す、位置情報システムだ。

場所によっては半径数キロの半円で示される場合もあるが、アンテナの数が多いところならばそこからさらに絞り込まれ、ことに市場の半分を超える全地球測位システム＝ＧＰＳ機能のついた携帯電話だと、誤差わずか十五〜二十メートルで位置の特定が出来る場合もある。

だが、すべての携帯電話にＧＰＳ機能が付いているわけではない。機能充実が売りの最先端のスマートフォンには、実はＧＰＳ機能が付いていないものが多い。でも、ありがたいことに、今の通報者が使用しているのは、ＧＰＳ機能付きの携帯電話だ。

「大丈夫ですよ。まずはそちらがどこか、教えて下さい」

言いながら、沼田さんは左手を挙げる。周囲に応援を求める仕草だ。火事か事故かは判らないが、とにかく複数の出場隊を要する通報らしい。すばやく秋川さんが近寄って来る。

GPSシステムが通報場所を特定するべく、画面上の赤い丸の範囲を狭めていく。

「足立区綾瀬《あやせ》、三一四号線。三台の車の玉突き事故。車から火が出ている」

都内の路上での交通事故で車が炎上しているとなると、二次、三次の被害の拡大もありえる。

「火が出ているのは何台ですか？　今のところ一台、他は出ていない」

沼田さんの声に被さるように、他の司令台からも通報を受け付けた声が重なる。どうやら同じ現場から、複数の人が通報しているようだ。

事故現場の情報は多い方がよい。それは事実だ。だが同じ現場からの通報を受け付けているということは、他の通報を受け付けられない。これは携帯電話の普及の弊害として、東京消防庁内で問題になりつつある現象だ。

「まったく恩知らずなんだから！」

きんきん声が私を現実に引き戻す。通報相手はまだ息子のお嫁さんの悪口を続けている。通信を切りたい欲求に駆られたが、ひたすら耐える。

「周辺に車は？　怪我《けが》人は？　――いる。頭から血を流している。今はどちらに？　歩道に避難済み。他に怪我をされている方は？　いない。判りました」

沼田さんは、非常事態に落ち着きを失っている通報相手に呑まれることなく、冷静に質問をしながら、右手のタブレットペンでパッドに得たばかりの情報を書き込んでいく。同時に目は火災等現場検索のモニターに向いていた。現場にもっとも早く到着できる消防隊や救急隊を捜しているのだ。

「急いで向かいますので、出来るだけ事故を起こした車から離れて下さい」

通報者が通報を切るのを待ってから通信を終えると、つづけて《車両火災、綾瀬2、綾瀬1、足立救急、特命出場》と消防通信員独特の抑揚のないイントネーションで沼田さんが綾瀬署の第二ポンプ隊と、足立署の救急隊に無線で出場司令を出した。センター内が一気にざわつき出す。

そんな中、私はあいかわらず同じ通報者に捕まっている。

勘弁してよと思いながら、ディスプレーに表示された時刻をちらりと見る。通報を受け付けてすでに八分を過ぎていた。

他の通報を受ける必然性から、通話を切ったところで誰もおかしいとは言わないだろう。だが通信員側から切ることは出来ない。唯一それが許されるのは、明らかな虚報——悪戯《いたずら》通報と判った場合だけだ。虚報は犯罪だということを伝えたうえならば、こちらから切ることは出来る。

だが、万が一でも出場の必要があるかもしれない場合は、ひたすら話を聞いて、先方が切ってくれるのを待つしかない。もちろんその間、他の通信は受け付けられない。

もちろん、先方に聞かれたら、公務員のくせに態度が悪いとクレームをつけられる可能性が高いため息など、もってのほかだ。とにかくただひたすら嵐が通り過ぎるのを石の蔭《かげ》で待つ虫のように耐えて、相手が納得して自ら切るのを待つしかない。

聞いているの？　と、詰問されない程度に適度な相づちを打つ。ディスプレーの数字が一つずつ上がっていく。過ぎた無駄な時間分、イスに座ったままの私の体力が減っていく。いや、体力だけではない。気力が、心が削られていく。

――これが消防官の仕事なの？

苛立《いらだ》ちと哀しみに心が張り裂けそうになる。女性の長話はまだ続いている。

現場時代の記憶が甦《よみがえ》る。出場司令のサイレンが鳴ったときの署内の緊張感。現場に向かう車中では、武者震いに鼓動が跳ね上がった。燃えさかる火災現場を走り回って、現場の情報を収集し、周囲の人へ避難を呼びかけた。そして無事に鎮火や人命救助をしたあとの本部への報告。緊迫感と躍動感に満ちた日々だった。

すべて、今の私にはないものばかりだ。そう思ったとたん、鼻の奥がつんとした。それをぐっと堪える。

女性の話はまだ終わらない。今はまたお嫁さんの悪口だ。すでに一度聞いた内容が繰り返されている。

——こんなことをするために、私は消防官になったんじゃない。

頭の中で、また現場の記憶が甦る。今度は現場ではない、雑談の場面だ。

本当に出場の必要があるか、少しは確認しろってんだよな——。

そう言っていたのは救急隊員たちだ。

災害現場に出向き、自らの手で消火や人命救出をしたい、そう思う人たちが消防官を志す。だから消防では現場至上主義の者が多く、事務職は低く見られているのが実際のところだ。

現場職の消防官たちが、災害救急情報センターに勤務している消防官を内心ではどう思っているのか、私は知っている。

通報を受けたら、とにかく出場させりゃいいとか思ってんだろ？　丸の内で綺麗《きれい》な座り仕事なんて、楽でいいよな。あんなの給料泥棒だよ——。

どれも、同じ試験を受けて、同じ消防学校に通って東京消防庁の消防官になった同僚たちの言葉だ。人づてに噂《うわさ》で聞いたのではない。なぜなら私もそう思っていたし、言った一人だからだ。

天に唾《つば》吐くとはまさにこのことだ。その言葉が頭に浮かんだとたん、また鼻の奥がつんとする。でもここで泣くわけにはいかない。唇を強く引き締めて、今度もぐっと堪える。

女性が電話を切ってくれたのは、着信してから十一分三十七秒後のことだった。ただ座って聞いていただけなのに、ひたすら徒労する。肩を回して背中に入った力を抜きながら、口元にも力が入っていたことに気づいてあわてて緩めた。つづけて両手の指先で、唇の端を頬骨に向かってぐいっと押し上げる。これで法令線が薄くなるかは判らないが、少なくとも今、涙を引っ込める役には立ちそうだ。

「中村〜」

名前を呼ばれて振り向くと、秋川司令補が両頬を両手で挟んで、力一杯押しつぶしていた。アッチョンブリケのポーズだ。最近は言葉で言われることなく、ポーズで示されることの方が多い。

「すみません」

振り向いて詫《わ》びてから、また向き直った直後、一一九番共通受付が赤く点灯した。素早く指で触れて通報を受ける。

「はい、東京消防庁です。火事ですか？　救急ですか？」

地図表示ディスプレーを見ると、江東区全体が赤い丸で覆われている。今回も携帯電話からの通報だ。タブレットペンを手に第一声を待つが、何も聞こえない。先方に聞こえていないはずはないけれど、念のために繰り返す。

「東京消防庁です。火事ですか？　救急ですか？」

返答を待つが、やはり何も聞こえない。悪戯かもという嫌な予感が頭を過ぎる。悪戯ならば、こちらから先方の場所を言えば、だいたいが恐れをなしてあわてて切る。

「もしもし、聞こえますか？　そちらは江東区ですよね」

返答はない。だが通話も切れなかった。耳を澄ますと、かすかに浅く早い呼吸音が聞こえる。

――これって、あれかも。

悪戯にはいくつか種類がある。消防車や救急車を呼びつける虚報が最たるものだが、女性隊員にとって不愉快なのは性的な悪戯通報だ。何も答えずにただ息遣いだけが聞こえるとなると、それを疑う必要がある。耳を澄ますと、浅い吐息はまだ続いている。

十四番の司令台に視線を送り掛けたとたん、先月の記憶が甦った。

私が悩んでいるのに気づいていたらしく、日勤終わりで秋川さんが声を掛けてくれた。愚痴を聞いて貰《もら》えるとばかりに、私は不満をぶちまけた。やはり現場から異動してきた秋川さんなら、同じ不満を持っているはずと思っていたからだ。けれど違った。

「愚痴や文句を持つなとは言わない。でも、せめて一人前になってから言え」

それだけ言って、秋川さんは立ち去った。

秋川さんの言うとおりなのは自覚していた。一人前の通信員になるには、最低でも二年はかかるとされている。異動してまだ半年、一人前に仕事が出来ているとは自分でも思っていない。そんな状態で文句ばかり言っている自分が急激に恥ずかしくなった。

一人で対処するべく、深呼吸して再び通報者に話し掛ける。

「もしもし、聞こえますか？」

やはり返事はない。だが受話器の向こうからは浅く早い呼吸音は聞こえつづけている。

悪戯ならいい加減にして下さいよ、あなたの携帯電話の番号も、今、どこにいるかも判っていますから——。

そう言ってやろうと思った矢先、小さく咳込《せきこ》むような音が聞こえた。

浅く早い呼吸音に咳。それまでとはまったく違う推測が頭に浮かんだ。

「もしもし、大丈夫ですか？　聞こえているのなら、受話器を三回、指で叩いて下さい」

言い終えた直後、叩くというより、擦《こす》るようなか細い音が三度聞こえた。

——無言通信だ。

推測は当たった。通報者は、何らかの理由で声を出せない状態なのだ。声が出せない理由は判らないが、聞こえる呼吸音から緊急を要することは私にも判る。

「判りました。これからいくつか質問します。はいだったら三度受話器を叩いて下さい」

再び、擦るような音が三度聞こえる。マイクを手で包み、振り向いて「トントンです」と十四番の司令台に伝える。一言で状況を把握した秋川さんが、素早く近づいて来る。

「場所の特定を急げ」

囁《ささや》くような小声に私は頷《うなず》いた。

「吉村《よしむら》、電話会社に確認入れて」

秋川さんが私より五年先輩の吉村さんに、通報に使われた携帯電話の番号の所有者を携帯電話会社に問い合わせるよう命じる。

「枝川《えだがわ》でしたら、受話器を三回叩いて下さい」

再び、擦るような音が三度聞こえた。地図表示ディスプレーの赤いエリアはぐんぐん小さくなっていく。さらに住所を絞り込むために、示された赤いエリアの中心地に近い番地から問う。

「一丁目でしたら、受話器を三回叩いて下さい」

何も聞こえない。

「もしもし、私の声が聞こえていたら、受話器を三回叩いて下さい」

通報者からの応答が途絶えた。焦って上《うわ》ずった声が出そうになるのをなんとか押し止め、冷静さを心がけて、再び口を開く。

「もしもし、聞こえますか？　受話器を三回叩いて下さい」

口調こそ穏やかだが早口になっている。耳を澄ますが、前のように呼吸音が聞こえない。

――どうしよう、どうすれば？

気ばかり焦る。通報者の目の前にいたら出来ることはいくらでもあるだろう。でも、今私に出来ることは、声を掛け続けることだけだ。

「もしもし、聞こえますか？　大丈夫ですか？」

冷静さを装いながら、必死に声を掛け続ける。地図上の赤いエリアは江東区枝川一丁目まで狭められていた。道路に囲まれた広いエリアまで狭まると、そこで動きが止まる。それが、大きな建物の中に通報者がいるケースだということは、私も知っている。

「枝川一丁目って、確かデカい団地があったよな？」

詳細地図を確認しながら、秋川さんが言う。だとしたら、通報者が何階のどこにいるのかを特定しないと助けようがない。

《司令します。ＰＡ連携。深川《ふかがわ》救急、深川消防１。通報中に音声が途絶える。通報者の所在地不明。場所は江東区枝川一丁目、都営住宅内の模様。なお、現在も通信中》

場所の特定はまだ出来ていないが、一刻を争う事態に、秋川さんが見切りで出場司令を出した。

司令が出たことに、ますます私は焦る。深川の救急隊と消防隊が現着したとしても、広い団地の中のどこに通報者がいるのかが判らなければ、どうすることも出来ない。

声を掛けなければ。声を掛け続けて、反応を引き出さなくては。焦る心を抑えようと、一度唾を飲む。そのとき、今までとは違う音が聞こえた。

「中村、声を掛けろ！」

小さいけれど鋭い秋川さんの叱責の声が飛ぶ。でも私はそれを無視した。耳を澄ませて音の正体を探ろうとする。

「こちらは、——です」

人の声だ。でも話し声とはどこか違う。何かのアナウンスかもしれない。声はどんどん大きくなってくる。

「中村！」

二度目の叱責を無視して、音に集中する。

「ご不要になったテレビ、ラジオ」

「アナウンスです、廃品回収のアナウンスが聞こえます」

音の正体を突き止めた私は叫んだ。アナウンスの音はさらに大きくなっていた。

《深川救急、深川消防1、通報者の周辺に廃品回収の車がアナウンスをしながら走っている》

秋川さんがすぐに追加情報を流す。

「携帯電話の持ち主が判りました、関町由夫《せきまちよしお》さんです」

携帯電話会社から所有者の名前を問い合わせた吉村さんが、大声で伝えた。秋川さんが、すぐさま二隊に通報者の氏名を伝える。

「関町さん、関町由夫さん、聞こえますか？」

私も名前で呼び掛ける。だが今度は廃品回収のアナウンスが邪魔をして、音が聞き取りづらい。それでも私は話し掛け続ける。

「関町さん、今、救急車が向かっています。聞こえていたら、受話器を叩いて下さい」

廃品回収車が離れたらしく、アナウンスの音が前よりも小さくなった。関町さんの反応を聞き逃すまいと耳を澄ます。だが何も聞こえない。

「一度でいいです。お願いです、受話器を叩いて」

かすかな音だった。でも確かに私の耳はその音を聞いた。

「ありがとう。――反応ありです」

関町さんへのお礼に続けて、報告をする。手の空いている通信員たちが「よしっ」と声を上げた。ここで気を抜いてはならない。私はさらに関町さんに話し掛ける。

「関町さん、聞こえますか？」

その直後、廃品回収のアナウンスとは違う音を耳が捉えた。聞き覚えのあるサイレン音、救急車のサイレンだ。さらに一つ別なサイレンが加わった。消防車も近くまで来ている。

「深川救急と消防のサイレンが聞こえます」

私の報告を受けて、秋川さんがそのことを二台の出場隊に伝える。

「関町さん、サイレンが聞こえますか？　救急車が着きました。どこにいるか教えて下さい。部屋の中ですか？」

擦るような音が聞こえる。サイレンの音がかなり大きくなっている。近くに着いたのはありがたいが、これでは関町さんの反応が聞こえない。

「いったん止まって、サイレンを切って貰って下さい」

察した秋川さんが、すぐさま二隊に司令を出す。少しして、サイレンの音がぴたりと止まった。それを待っていた私は、また関町さんに話し掛ける。

「部屋の中ですね。一階ですか？」

またもや、小さな音が聞こえて安堵する。

あれだけアナウンスやサイレンが聞こえるのなら、部屋は道路から近く、さらに窓は開いているはずだ。

「道に面した部屋ですか？　窓は開いてますか？　覗《のぞ》けば関町さんが見えますか？」

間を空けてゆっくり訊ねる。三つそれぞれに、擦るような音が聞こえた。

「関町さんは道路に面した団地の一階の部屋にいます。窓は開いていて、覗けば姿が見える状態です」

　言い終えた直後、その内容を秋川さんが二隊に伝える。

《深川消防1、了解。今より徒歩にて通報者の探索を開始します》

《深川救急、了解しました。こちらも探索を開始します》

　二隊の通信を聞きながら、私は関町さんに声を掛け続ける。

「救急隊と消防隊が近くに着きました。今、歩いて関町さんを捜しています。あと少しです、がんばって」

　擦るような音が返ってきた。

　もう少しですから、と言おうとした矢先、人の声が聞こえてきた。

「そっちはいない？」「あそこ、窓開いてるぞ」

　何か重い音が聞こえてきた。音の正体を私は知っていた。消防靴がコンクリートを踏みしめる音だ。

「いたぞ、みつけた。関町さんですか？」「こっちだ、みつけたぞ」「ストレッチャー、持ってこい！」

　――みつけた。

　深川の隊員たちの声に、私の体から力が抜けていく。

《深川救急、関町由夫さんを発見。徒手にて窓より救出》
深川救急からの通信に、センター内で安堵の声が上がった。
《呼吸困難を起こしているので、ただいまより病院へ搬送を開始します。これで通話は切ります》
ヘッドセットの音が途絶えた。
《東京消防庁、了解》
秋川さんがそう言った。センターの無線の最後には、かならず東京消防庁了解とつけることになっている。これは通信員一人の言葉ではなく、東京消防庁の言葉だからだ。
無線の終了の決まり言葉を聞いて、私は大きく息を吐き出した。緊張していたのだろう、背中だけでなく、スカートのおしりの付け根あたりも汗でぐっしょりと湿っている。
関町さんの通報はセンターの手を離れた。あとは深川救急と搬送先の病院に任せるしかない。これ以上、私には何も出来ない。だとしても、とにかく私たちは関町さんをみつけ出すことが出来たのだ。
肩をポンと叩かれた。振り向くと、秋川さんが「よくやったな」と誉めてくれた。

誉められたのは初めてで、なんと返そうか迷っていると、秋川さんはさらに続けた。

「周囲の音に気づいたのはファインプレーだ。廃品回収車だったのもよかったな。あれなら、客を拾うためにゆっくり周回するもんな」

「――ですね」とだけなんとか返す。他に言葉が浮かばなかったのだ。すると秋川さんは「これ、やんないの？」とアッチョンブリケのポーズをしてみせた。

緊張で口元に力が入り続けているのには気づいていたが、先にやられてはさすがに出来ない。

「しませんよ」と言い返した矢先に、また一一九番共通受付が赤く点灯する。

一一九番通報は待ってはくれない。通信員にとっては一日に何本も受けるうちの一本の通報でも、通報者には命に関わる大切な通報だ。席をディスプレーの正面に向け直すと、私は通報を受け付けた。

3

勤務時間を終えて、ロッカーに向かう。天気予報が的中して、午後三時過ぎから雨が降っている。それもさすがにこれでは走るのは無理かもと思うほど、かなりの本降りだ。

走りたいのは山々だが、濡《ぬ》れて風邪でもひいたら、元も子もない。今日は大人しく帰ろう。なんなら、夜にスポーツクラブに行けばよいしと自分を納得させる。

地下鉄の駅に向かって、傘を差して歩き出そうとした矢先に、鞄《かばん》の中から携帯電話のメールの受信音が聞こえた。取り出して確認する。深川署の第一ポンプ隊員の同期の輪島《わじま》からだ。

『無音通信の関町由夫さん、病院到着後、すぐに点滴を開始して小康状態に。一一九番に出てくれた人にありがとうって伝えてくれと言われたのでメールした。グッジョブ！』

文章の最後の親指を突き出した絵文字が赤く点滅している。それを見て、足が止まった。

要救助者から感謝の言葉を貰えるのは現場職員の特権だ。パニックになっている通報者から必要な情報を聞き出し、的確に出場司令を出し、その結果、通報者を助けたとしても、誰も通信員に感謝はしない。同じ一本の線の上にいるのに、感謝されるのは現場ばかりでずるいと、常々心に抱えている不満が頭をもたげる。

でも、関町さんは私のことを覚えていてくれた。そして感謝してくれた。ありがとうの一言に、私の曇り続けていた心に少しだけ日が差した。うっかり消したりしないように、大切にメールを保存する。携帯電話を鞄にしまい、門を出ようとして視線を感じた。門の外を歩く男性がこちらを見つめている。何を見ているのだろうと周囲を見回すが、私以外、他に誰もいない。

何かしらと不思議に思いつつも、とにかく歩き出す。すると男性が近づいてきた。眼鏡を掛けた小太りのその男性には、見覚えがあるような気もする。

「消防庁にお勤めの方だったんですね」

にこにこ笑いながら、男性が私に話し掛けて来た。確かにそうだけれど、だから何だというのか、そもそもあなたは誰？　声にこそ出さなかったけれど、顔には出ていたのだろう。男性が申し訳なさそうに、「とつぜん話し掛けてすみません。皇居のまわりを走ってる方ですよね？　ミズノのウェアを着て」と冒頭で謝りつつも、話は続ける。

その通りだ。走っているし、着ているのはミズノのウェアだ。だとすると、この人も走っている人、そこで気づいた。おろしたてのにゃーだ。

またもや私の表情で察したらしい。

「そうなんです、僕も走ってます。何度かお見かけして、すごく走る姿勢が綺麗な方なので覚えていたんです」

ああ、そうですか、としか言いようがない。でもどう返してよいのか判らない。

「きっと何かスポーツをされている人なんだろうなって思っていたんですけれど、そうか、消防庁の方だったんですね。それなら納得だ」

おろしたてのにゃーはやたらと嬉しそうに言う。そのテンションについて行けずに、私はただ困惑する。

「僕、あそこに勤めてます」

そう言って背後のビルを指さした。気象庁のビルだ。言われたところで、信用するかは別問題だ。無言で見ていると、男は鞄から紐を引っ張り出して、先に着いている身分証明書を私に向かってつきだした。

写真付きの身分証明書に写っているのは、目の前にいるのと同じ人だ。名前は三橋《みはし》翔《かける》というらしい。名前が翔。ご両親もずいぶんとハードルの高い名前を付けてしまったものだと心の中で思う。とはいえ、一方的に話をされても、このまま話し続けていたら、きっと「今度、一緒に走りましょう」と言い出すに決まっている。久しぶりのナンパなのかもしれないけれど、この人は勘弁して欲しい。

急ぎますのでと言って立ち去ろうと決める。口を開く前に、おろしたてのにゃー改め、三橋翔が話し出した。

「いつも、のろくてすみません。もともと運動は苦手なんです。だけど、もうじき気象観測に行くもので、それで体を鍛えるというか、少しは走れるようにしておかなくちゃならなくて」

「気象観測に体力って必要なんですか？」

三橋の言った内容に引っかかって、つい聞いてしまう。話し好きらしい三橋に話すチャンスを与えてしまったけれど、切り上げて立ち去ることはいつでも出来るし、それに今日はちょっとよいこともあったし、少しくらいは構わないよねと、自分を納得させる。

「いえ、普通は必要じゃないんですよ。アメダスとかで得た情報をパソコンで管理しているだけなので。ただ、東京には南鳥島《みなみとりしま》があるので」

聞いた覚えがあるようなないような島名が出てきて、ますます興味が湧いてしまう。

「観測方法はどこも一緒ですよね？」

気象観測に体力は必要ないというのは、さきほど聞いたので確認してみる。それとも南鳥島だけは何か違うのだろうか？

「もちろん、気象観測の方法は、他の気象観測所と一緒で、データをパソコンで処理するだけです。走れるようにならないといけないのは、また別な理由で」

三橋はその理由を話してくれた。

日本の最東端にある南鳥島に常駐しているのは、気象庁職員の他は、海上自衛隊南鳥島航空派遣隊と、関東地方整備局東京港湾事務所南鳥島港湾保全管理所に在籍する海上保安庁の職員だけ、つまり民間人は一人もいない。民間人だけではなく、交通手段もない。だから南鳥島気象観測所に気象庁の職員が行くときには、人も物資も防衛省に協力を仰ぐ。早い話が海上自衛隊の飛行機に乗せて貰っているという。

ただただ、驚いていた。そんな場所が東京都にあるということも、職員が自力で行けないようなところに気象観測所があることにも。とつぜん頭の中に、迷彩色のつなぎに身を包んだ海上自衛隊員ばかりの飛行機に、平服でスーツケースやボストンバッグを持ち、顔から汗をかいた三橋が「すみません」と言いながら入っていく姿が浮かんだ。コントみたいなその様子に、思わず笑いそうになるが、必死に耐える。

「海上自衛隊も海上保安庁も、基本的に何事もなければ訓練をしています。ただ、どちらも自分たちが国を守っている意識が強いみたいで、何かというと競いたがるんです。もちろんスポーツでですけれど。だからなんです」

途中までは判ったけれど、最後の一文で話が見えなくなった。

「だからなんですか？」

そのままストレートに訊ねる。

「審判が気象庁の職員の仕事なんです。陸上競技的なものならよいのですけれど、サッカーとか野球とか、ゲーム要素が強いものになると、やはりどうしても体力が必要で」

三橋の走るフォームを思い出す。失礼なのは承知だけれど、あんな走り方では三年先でもサッカーの審判など、それこそ小学生の試合でも無理だと思う。

そもそも他の組織対抗のゲームの審判なんて、気象庁の職員の本来の仕事ではないはずだ。なのに、三橋は走っている。運動は苦手なのに、ヘンテコなフォームで顔や体から大汗をかきながら皇居ランナーに混じって走っている。

望まないことをさせられている自分に重ね合わせて、いや、私は仕事だけれど、三橋の場合は仕事ですらないのだからもっと酷《ひど》い。憤りを感じて、つっけんどんに言ってしまう。

「それって、断れないんですか？」

そんなことを言われるとは思っていなかったのだろう。三橋が目を見開いた。

「そうか、断るって選択肢もありましたね」

感心したように言って、三橋はそこで口を噤《つぐ》んだ。けれどまたすぐに口を開いた。

「でも、仲間ですから、やっぱり協力したいんです」

今度は私が目を見開いた。仲間という言葉を持ち出した三橋の真意がまったく見えない。海上自衛隊と海上保安庁だって、相違点はたくさんあるだろう。でも体を鍛え、いざ有事となったら武器を手に国を守るという意味では限りなく似ている。対して気象庁は、どこか一つでも重なる点があるとでもいうのだろうか？

「陸はもちろん、空にも海にも国境はあります。だから日本の最東端の南鳥島に海上自衛隊や海上保安庁はいてとうぜんです。でも、気象観測所もなくてはならないんです」

意味が判らずに、ただ三橋を見つめる。

「天気に国境はないから、立場が一緒とはさすがに僕も言いません。でも、あくまで天候からですけれど、国民を守るという意味では気象庁も一緒です。他の二つの職員の皆さんは、そうは思っていないでしょうけれど、僕は一緒だと思っています。つまり、僕らは仲間なんです。狭い島に一緒にいる仲間なんですから、やっぱり協力したいんですよ」

そう言うと、三橋は笑った。

何も言えなかった。頭の中に色々な思いが錯綜《さくそう》する。

望む職場に就けなかったことを、いつまでもぐずぐすと恨みがましく思っている。自分よりも出来が悪いと勝手に決めつけた後輩の活動現場を見て、羨ましく思ってしまった。まだ一人前に仕事もこなせていないのに、愚痴と不満だらけで、さらに今日は、感謝されるのは現場ばかりでずるいとすら思ってしまった。

なんて私はいじましく、そして小さな人間なのだろう——。

対して目の前にいる三橋は、他の人がどう思おうと、自分の仕事に誇りを持ち、楽しく前向きに受け止め、それに向かって努力している。そんな三橋のことなど何一つ知らないのに、私は三橋を嫌っていた。おろしたてのにゃーなどというふざけたあだ名をつけて、私の邪魔をしないで、とすら思っていた。

すべては私の思い上がりだ。なまじ希望通りに消防官になってしまったから、他人を見くびっていたのだ。今の職場に満足できないのも、その思い上がりからだ。人よりも優秀なはずだ、努力している、そんな風に自惚《うぬぼ》れているから、不遇な目に遭っていると思い、愚痴や不満が絶えないのだ。

駄目な自分に気づいたとたん、鼻の奥がつんとする。とつぜん泣き出したら三橋が困るから、何が何でも泣くわけにはいかない。だけど無理だった。堪えきれずに涙がこぼれ落ちる。

「どうしたんですか？」

そんな私を見て、驚いた三橋がおろおろしている。あなたのせいではないと言いたいが、口を開いたら嗚咽《おえつ》がとまりそうもない。

「僕のせいですか？　何か失礼なことを言いましたか？　だったら謝罪します。お願いです、泣かないで下さい」

矢継ぎ早に、三橋は取りなしの言葉を言ってくれる。

違います、あなたのせいじゃないんです。自分のせいなんです――。

そう言っているのを三橋に理解して貰えるまで、結構な時間を要した。ようやく泣いている理由が自分にないと判ってくれた三橋が口を開いた。

「僕でよかったら、お話を聞かせて貰えませんか？」

その言葉に甘えるのは、さすがに勇気を要した。知ってはいたけれど、勝手に悪く想っていた相手だ。それだけではない。実際のところ、話したのはたった今、それこそ出会ったばかりの人だ。

「変な下心があるわけじゃないです。ただ、誰かに話して気持ちが晴れる可能性があるのならと思って。――でも、やっぱり嫌ですよね」

多弁ではあるけれど、きちんとした性格を三橋が見せ出して、私はあわてて「お願いします」と頼んだ。

了解するとは思っていなかったのだろう。三橋の動きが止まった。けれど、すぐさま「立ち話もなんですので、どこかお店、——喫茶店とか、お腹《なか》が空《す》いているようなら、食事が出来るお店にでも入りませんか？　ええと、どこがいいかな」と気遣いを始めた。今は携帯を手に、お店探しをしている。

消防官は人を守る仕事だ。ならば気象庁とも仲間のはずだ。仲間なんだもの、協力を求めてもよいはずだ。

ふとあたりを見回すと、雨はほとんど止《や》んでいた。東京タワーのあたりでは、雲の切れ間から赤い夕日が差し込んでいる。どうやら明日は晴れそうだ。

そして曇りがちだった私の心も、それこそ親が名付けてくれたように、晴れてゆくに違いない。携帯電話で店を探す三橋を見て、私は確信した。

明日からはきっと、心晴日和だ。

『ラブ・ミー・テンダー』

森谷明子

森谷明子（もりや・あきこ）
神奈川県生まれ。図書館司書を経て、２００３年『千年の黙　異本源氏物語』で第13回鮎川哲也賞を受賞しデビュー。紫式部を探偵に据えた王朝ミステリー、図書館をめぐる日常の謎など「本」の世界を舞台にした著書多数。著書に『れんげ野原のまんなかで』『七姫幻想』『深山に棲む声』『葛野盛衰記』『緑ヶ丘小学校大運動会』『望月のあと』『FOR RENT ―空室あり―』ほか。

私は週一回、全国展開している『シティ・フィットネス』傘下のフィットネススタジオを訪れる。ここのスイミングスクールに通うさやかちゃんの付き添いだ。

さやかちゃんは四歳二か月。活発で物おじしない子で、ガラス窓越しに見学していても、いつもインストラクターの呼びかけに積極的に参加しているのがわかる。明朗活発、保育園でも上のクラスの男の子と駆け回っていることが多い子だ。

この日、さやかちゃんはものすごく頑張った。前々回から、ようやく顔を水につけてバタ足で前に進めるようになっていたのだが、今日は五メートルくらい離れたインストラクターのところまで、一度も足をつけずに泳ぐことができたのだ。思わずガラスのこちら側の私も小さくガッツポーズしてしまう。インストラクターとハイタッチをして喜ぶさやかちゃんは、その笑顔のまま、私のほうへ振り向いてくれた。大きく手を振るさやかちゃんに、私も振り返す。

「すごいですね」

隣にいた女の人が私に話しかけてきた。

「ええ、ありがとうございます」

「お嬢ちゃん、小さいのに活発で、いいですよねえ。うちの子なんか、まだビート板のお世話になってるんだから」

彼女が指さした先には、ビート板を使って懸命にバタ足をしているスクール水着姿の女の子がいた。無駄な力が入りすぎているのだろう、水しぶきは派手に上がっているのに、一向に前に進めていない。幼稚園の年長クラスか、ひょっとすると小学生かもしれない。このクラスは午後六時に始まる最終のキッズクラスで、小学生もかなりの人数通ってきているのだ。幼児はもっと早い日中のクラスに集中するのだろう。

保育園帰りのさやかちゃんは、だから、体が小さいせいで、ものすごく目立つ。

「ほんと、困るわ。うちの子ったら、いつまでも水を怖がって。学校のプール教室で、まだ一番下の級なんですよ」

なるほど、ここで特訓しているわけか。

「元気なお嬢ちゃんで、うらやましいわ」

笑顔を向けられた私は、こちらも笑顔で説明した。

「ええ、元気なお嬢さんですが、私、母親ではないんです。あの子をお預かりして送迎をお引き受けしているベビーシッターです」

私、津村《つむら》ゆり、二十五歳と十か月、独身。プロと自負するベビーシッターである。

クラスで最年少のさやかちゃんは、いつもインストラクターに付き添われて真っ先にシャワーを浴びて更衣室まで帰ってくる。ところが、今日は最後になった。

「すみません、さやかちゃんはトイレに行っていたもので、シャワーの順番が最後になっちゃいました」

「そうですか」

私はインストラクターに返事しながら、さやかちゃんの顔色を観察する。

「さやかちゃん、おなか痛くなったの？」

「ううん、でも、うんちはちょっと出た」

「どんな感じの？　泥んこみたいなのかな？　それともお団子みたい？」

「ええとね、いつもとおんなじ」

「トイレのあと流したお水、茶色くなった？」

「ううん、ふつうのお水の色」

そんなことまで細かく聞き出すのかとあきれられることもある。だが、これは子どもの体調を見る大変重要なバロメーターなのだ。

人間の体には何本かの管が通っている。中でも重要なのが口から肛門《こうもん》までの消化管だ。消化管を通る食べ物の流れがスムーズ、かつ体温が正常ならば、子どもはまず健康体と言えるのだから。

今はインストラクターが付き添っていたから私はノータッチだったが、ほかの場所でなら、どんな年齢でも、クライアントの子どものトイレは必ずチェックする。ある程度年のいった子ならば一人でトイレに行ってもらうが、「お水、流さないでね」と声をかけておいて「出てきたもの」を観察する。

子どもの体調を何よりも雄弁に語ってくれるものだから。シッターに人見知りして笑顔が少なくても、ママがいないせいでいつもより食が細くなっていても、顔色が正常で出すものを出せているなら、多くの場合は安心して大丈夫なのだ。

そう言えば、この仕事をするようになってから、私は排泄《はいせつ》物の名前を平気で口に出せるようになってしまった。時々、母親に注意される。でも、子どもにはダイレクトな表現でなければ通じない。

私が所属するベビーシッター派遣会社『ママ・ナーサリー』は「お預かりレポート」を用意している。シッター終了時にクライアントに渡すのだ。そのレポートにトイレの回数と便通をプラス一ずつすること。私はそう心の中にメモして、さやかちゃんと手をつなぐ。

「ゆり先生、おなかすいた」

さやかちゃんは私のことを「ゆり先生」と呼ぶ。厳密にはシッターは「先生」ではないのだが、クライアントである母親の荻《おぎ》さんに、そう頼まれているのだ。

——津村さんは、さやかにとって保育園の先生と同じような存在なんですから。

荻さんは外資系の銀行に勤めていて、一人娘のさやかちゃんは保育園に通い、閉園後は義母——さやかちゃんのおばあちゃま——にお迎えに来てもらって自宅でママの帰りを待つ生活だった。だが今年になって、そのおばあちゃまが言い出した。

——もうさやかも大きいんだから、少しは自分の時間を返してほしいわ。

そこでさやかちゃんは週二回、スイミングスクールとリズム教室に通い始めた。月曜日と水曜日は私が保育園に迎えに行き、それぞれの教室に付き添って自宅まで送り届ける。おばあちゃまは週二回、時間制限なしにリフレッシュができるようになったわけだ。

「ぺこぺこ。今日は保育園のおやつ、スイカだけだったんだもん」

「もうちょっと待ってね。下に降りて、いつものお店でサンドイッチ食べて帰ろう」

『シティ・フィットネス』の入っているビルの一階には、イートインコーナーを備えたベーカリーがある。スイミングスクールの帰りはいつも二人でそこへ寄って、さやかちゃんはサンドイッチとジュースの軽食を取る。すでに時刻は七時半だ。泳いだ後のさやかちゃんは、当然おなかがすいている。自宅まで子どもの足なら十分強。歩き始める前に何か食べたほうがいいし、八月の今は、水分補給も必要だ。

私は普通自動車の運転免許を持っているが、『ママ・ナーサリー』ではシッターが外出に付き添う場合、移動手段を徒歩か公共交通機関利用に限定している。自転車や自動車を使っていて万一の事故があった場合、責任の所在を明確にするのがしばしば難しくなるからだ。

さやかちゃんへのシッター内容には、軽食の付き添いも含まれている。ベーカリーは荻さんが指定した店で、そのためのお金も預かっている。「お預かりレポート」には「お預かり金額」「使用金額」の記入欄があり、「レシート添付場所」や切り取り式の「お客様残金お受け取り領収書」まで設けられている。

もちろん、私がお相伴した分は私の負担だ。

「サンドイッチはハムのがいい」

「うん、わかった」

目指すベーカリーのガラス張りの自動ドアが見えてきた。私はさやかちゃんの先に立つようにしながら用心深く店内の様子を探る。

よし。今日は誰も知った顔がない。

実は、先週のこと。いつも通りにさやかちゃんを連れて店内に入ったところで、私は中学時代の同級生につかまってしまったのだ。彼女は、さやかちゃんくらいの年齢の男の子の手を引いていた。

——わあ、ゆり？　なつかしい！　わからない？　あたし、あたしよ！　小野愛佳《おのあいか》！

顔を見るまで思い出せなかったくらいの付き合いだが、向こうは矢継ぎ早に、妹を見ただの、会うのは何年ぶりかだの、去年の同窓会は行けなくて残念だっただのとまくしたてる。

そうだ、この間、中学行ったらね、偶然……。

プライベートの時間だったら愛佳（とその子ども）の相手になってもいいのだが、私は仕事中だったのだ。おしゃべりする暇はない。

だからその時、私はさやかちゃんに体を寄せて、彼女に言った。

——ごめんね、今は手が離せないの。今度ゆっくり話そう？

さやかちゃんに、はっきり知らせる必要があるのだ。シッターはちゃんと自分のことを第一に考えていると。

……シッターさんが誰かとおしゃべりしてる間待ってた、などと親御さんに告げられたら面倒だという、少々さもしい思惑もある。もちろんそういうリスクは回避したい。だが、自分と向き合っていないとクライアントの子どもに思われたくないのは本心だ。こちらを信頼して、何を任せても平気なのだと思ってもらわなければ。

――よし。今日は先週のようなことはなくてすみそうだ。

安堵《あんど》した私は、店内に入りながら、さやかちゃんに話しかける。

「さやかちゃん、今日頑張ったね」

「うん！」

さやかちゃんはいつもまっすぐだ。声も、表情も、私へ向ける視線も。

子どもがまっすぐなのは当たり前という世間の認識が、実は当たり前ではないことも、今の私はそれなりに知っている。この仕事を始めて二年目。四月からはさやかちゃんともう一人赤ちゃん専属のシッターとなっているが、去年は新人のシッターとして、さまざまな子どもや不安定な母親にも接してきた。最後まで懐いてくれなかった赤ちゃんもいる。

だから、さやかちゃんといると私も楽しい。

「だって本当にすごいよ、さやかちゃん、先生のところまで泳げたんだもん」

さやかちゃんの笑顔がさらに大きくなる。つられて私の声もはずむ。

「さやかちゃんって……」

「いらっしゃいませっ！」

私が続けようとした言葉は、ベーカリーの店員の元気な声にさえぎられた。

なんとなく引っかかるものを感じて声のする方向へ目を移した私は、一瞬絶句する。

「……千紗都《ちさと》？」

「いらっしゃいませっ!!　店内でお召し上がりですかっ？」

サンドイッチを並べたガラスケースの向こうで体を乗り出しているのは、私のたった一人の妹の千紗都だった。


「ねえ、母さん。あの子、いつからバイトなんて始めたの？」

夕食時。私の向かいで急ごしらえの鉄火丼を掻《か》き込んでいた母は、しばらく口を動かした後、お茶を一口飲んでからしゃべり始めた。

「つい先週からよ。初めは何曜日だったかな。いきなり、『あそこのベーカリーでバイト始めるから』って報告された」

「そりゃあ、大学生は今、夏休みだろうけど。でも、あの子、課題が忙しいんでしょ。

そんな暇あるの？　これから就活だって本格的になっていくんだし」

　千紗都はいない。今日は閉店まであのベーカリーでバイトらしい。

　千紗都は建築を学んでいる大学三年生だ。教育学部卒の私とは大学もカリキュラムも違うから、大学生活は想像するしかないが、今までも実験だ製作だと研究室に泊まり込むことさえ珍しくなかった。ついでに、これまた私と違って友達の多い千紗都は、付き合いも幅広い。バイトする時間があるだろうか。

「大学生のうちに社会勉強したいんですって」

「社会勉強ねえ」

　設計士を夢見る千紗都がパンの小売業で何を得るのか。

「ここのところ、ぼんやり悩んでいたみたいでしょ、千紗都。就職のことかと思って様子見ていたけど。だからまあ、これも千紗都なりの対処法の一つなんじゃない」

「ああ、そう言われれば、なんだか言いたいことが言えずにいる雰囲気だったかも」

「でしょう？　だから見守ってやりましょう。大丈夫よ、あの子、要領はいいから」

「それはわかってるけど」

　ついでに私よりよっぽど人当たりもいい。私の反応にちょっと驚いていたさやかちゃんも、愛想よく話しかける「ゆり先生の妹のお姉ちゃん」にすぐに警戒を解き、帰り際には友達にするように手を振っていた。

「あの子ももう成人だしね」

私は食べ終わった食器を重ねながら立ち上がる。仕事に忙しい母を手伝って、千紗都が赤ん坊の時から面倒を見てきた。子どもにとって六学年の差は大きい。特に、十年前に父が死んだ後は、まだ小学生だった千紗都に対して、母代りになってきたつもりだ。家にこもりがちだった千紗都と遊んでやったり、私の愛読書を読んでやったり。あの頃の千紗都は喘息《ぜんそく》気味で、今からは考えられないくらい病弱で、あまり外に出ない子どもだったのだ。

でも幸い、千紗都は元気に育った。もともと母や私と似た体質なのだ、芯は強い。そう、千紗都のことはよく知っている。バイトが終わったら、元気よく帰ってくるだろう。売れ残りのパンくらい、ちゃっかりもらってくるかもしれない。

その時、カウンターに置いてある携帯電話がメールの受信を知らせた。だが、確認するのは後回しだ。原則、夜の九時を過ぎて会社から仕事の連絡が入ることはない。また、クライアントから直接私へ問い合わせなどがくることも絶対にない。すべて会社を通すことになっているのだ。

プライベートなら、少しくらい放っておいても支障はない。

それよりも、もうすぐラジオ英会話の放送時間なのだ。私としてはこちらを優先しなければ。子どもの相手をする仕事に、研鑽《けんさん》は欠かせない。今後「英会話の相手をしてもらえるシッターさん」というオーダーが来る可能性だってあるのだから。

その翌日も、私は平常通り仕事をしていた。地球は回り、潮は干満を繰り返し、細胞は分裂し、ウィルスははびこる。

小さな電子音が鳴る。私は片野《かたの》ジュン君のほかほかしている脇の下から体温計を抜き出し、携帯電話を取り上げた。

「もしもし？　片野さんの携帯ですか？　『ママ・ナーサリー』の津村と申しますが」

――はい！　ジュン、どうですか？

「それがですね、やはりお熱があって……。今測ったら三十七度六分だったんです」

それから私は相手の返事を待つ。私はあくまでも雇われた側。私に預けた子どもの健康状態と今後のケアについては、クライアントに判断してもらわなくてはいけない。

お宅へ訪問して、まずしなくてはならないのは預かる子どもの健康チェックだ。シッター開始時点で健康状態に問題がある場合は――体温三十七度五分以上、嘔吐《おうと》の症状、複数回の下痢、等々――その場でお断りする。

ただし、子どもの状態がグレーゾーンの場合も多い。それまで一緒にいたお母さんも見過ごすほど、いつもと変わらず元気に遊んでいるのに、体温計は平熱よりも微妙に高い三十七度ちょうどを示した、というような。そういう場合は、シッターを引き受けつつ注意を怠らず、容体が悪化したらすぐにクライアントに連絡相談する。

今朝、ジュン君を預かった時から、これは注意が必要だなとは思っていた。時々咳《せき》をするし、いつもより動きがだるそうだ。ジュン君のシッターをするようになって四か月、ジュン君が体調を崩すのはこれが初めてだが、私は驚かなかった。誕生直後は母親からもらった免疫に守られている子どもも、いつかは自力でこの世に無数にある病気と闘わなければならなくなる。通常は一歳を過ぎた頃から、集団保育の子どもなら、その保育開始時期に応じてもっと早くからの可能性も。

私と一対一で生活してきたジュン君は今まで健康に過ごせてきたから、ワーキングマザーとしては、片野さんの「子どもの病気初体験」は遅い方だろう。

一歳二か月のジュン君は、おとといの日曜日に市のプールに行ったのだそうだ。そして、以来、なんとなく機嫌が悪かった。

——病気をもらった可能性もありますね。

朝、片野さんにそう言うと、片野さんも覚悟を決めたようにうなずいて答えた。

――とにかく出勤しますが、何かあったらすぐに連絡ください。

『ママ・ナーサリー』のクライアントにはこうした常識のある対応をしてくれる人が多い。社長が、入会希望者にはまず家庭訪問を行い、面接をしてきちんと相手の人となりをチェックしてくれるためだ。だから、携帯電話に何度電話してもつかまえられないような母親、子どもの病状を説明しても無視して帰ってこないような母親とは、ほとんど関わらずにすんでいる。

今も片野さんは、まっとうな母親としての判断をしてくれた。

――あの……、なんとか、仕事、早く上がれるようにチーフに頼んでみます。四時過ぎには家に帰れるようにしますから、それまでなんとかお願いします！

「はい、お待ちします。食欲はないようで、片野さんが作ってくれたおじやはあまり食べられませんでしたが、ベビー用のイオン飲料を、少しずつ飲ませています」

――はい、はい。どうぞよろしくお願いします。少しでも早く帰れるようにしますから。

そこで一刻を争うように電話を切る。電話の向こうでは文字通り一刻を争う事態が起きているのだ。私はほっとして、携帯電話を置く。片野さんが逆切れしなくて助かった。良識的なクライアントでも、時には、子どもの体調不良はシッターに原因があるのではと不機嫌になったりするから。

気持ちはわかる。私は大学卒業後、二年間オフィスワークの経験がある。その頃の、今日中に仕上げるべき仕事をかかえている自分になぞらえて想像してみれば。

――よし、順調に片付いている。終業まであと一時間。たぶんそれまでにこの書類は完成する……。

そんな時にかかってくるアンラッキーな電話。仕事の予定をすべて狂わせる知らせ。独身者の私でも、つらい気持ちはわかる。まして、具合を悪くしているのは我が子なのだ。仕事が遅れるのも同僚に肩代わりしてもらうのも、どちらも心苦しい。だが、自分が仕事場で頭を下げているこの瞬間も、我が子が病気でつらい思いをしていると想像するのは、もっと苦しいだろう。

こういう緊急の電話は気が重い。

気が重くても、やむをえないことなのだけれど。私をはじめとする『ママ・ナーサリー』のスタッフは、保育士有資格者だったりベビーシッター認定者だったりだが、医療行為はできない。そして小さい子の容体は急変する。

じっとしているのが落ち着かなくて、私はもう一度熱を測る。やっぱり。三十八度二分。ジュン君の体の中の発熱装置が、無理矢理フル稼働させられている。

「大丈夫よ、ママはすぐ帰ってくるからね」

ジュン君は私の肩に頭をもたせかけたまま、顔をゆがめてぐずりはじめた。

私はジュン君を抱いて立ち上がり、エアコンを一度低くした。ジュン君も暑いだろうが、そのジュン君と体を密着させている私も体中に汗をかいている。窓辺をゆっくりと歩く。外の空気を入れたら気分が変わるだろうかと開けてみたが、真夏の熱風が吹きこんできたので急いで閉めた。ついでに、西日をさえぎるためにカーテンも引く。

薄暗くなった狭い2DKの、さらに狭い六畳の畳の部屋で、アルミサッシの窓の前を行ったり来たりする。こういう時、私は無意識にハミングしてしまう。

『ラブ・ミー・テンダー』。

別に好きな歌というわけじゃない。だが、苦しい時間をやり過ごす時、時を数えるために、いつの頃からか、私はこの曲を口ずさむようになった。

『ラブ・ミー・テンダー』。一節をゆっくり歌うとちょうど一分かかる。

早く時が過ぎてほしい時、でも頻繁に時計を見るわけにはいかない時、私はこの歌で時間を計る。シッター中も腕時計をはずしているので――子どもに触れた時に痛い思いをさせないように――、必然的にこの歌を歌うことが多くなる。ほら、一分経った。また一分が。こうして一分また一分と時は過ぎる。

世話している者の不安は、敏感に子どもに伝わる。だからジュン君を落ち着かせるために、私は自分を落ち着かせる。

腕の中でジュン君がうとうとし始めた。


四十分後。ついさっき、職場を出たと片野さんから連絡が入ったので、私はジュン君を抱き、紙おむつやイオン飲料の入ったママバッグを肩から提げて、玄関で待機していた。

片野さんが息を切らせて帰ってきたのは午後四時七分。私はジュン君を抱いたまま、挨拶もそこそこにタクシーを探す。一刻も早く、タクシーをつかまえないと。

「片野さん、おむつと飲み物をバッグの中に入れています。あと、タオルを一枚、追加しておきました。ジュン君、もどしたりはしてないんですが、用心のために」

そして「お預かりレポート」をさしだす。シッター中の子どもの健康状態や食事回数と量、排泄の回数、遊びの内容まで記してある。

「最後にお熱を測ったのは三十分前です。食欲はないですが、水分はどうにか摂ってくれています」

そこで私はようやく通りかかったタクシーに大きく手を振り、ウィンカーが出たのを見届けてから、また言葉を続けた。

「あ、下痢もしてません。便通なしです」

「ありがとうございます！　うわあ、三十八度超えてるか……」

片野さんは自分の通勤用のバッグを下敷きにしてサインをすると、ジュン君を抱えてタクシーに乗り込む。私は複写式になっている「お預かりレポート」の一枚目、お客様控をはぎとると片野さんに渡し、それからもう一枚のメモを添えた。

「片野さん、さしでがましいかとは思いましたが、市が案内している救急窓口の病院です。小児科もあります。もしも車が混んだりしてかかりつけのお医者様に間に合わないようだったら、こちらに連絡してみてはいかがでしょう。電話番号とホームページのURLを書いておきましたし、場所は運転手さんならわかるはずです」

片野さんが目をみはる。

「わあ、何から何までありがとうございます！　こんな……」

「初めてのお熱はとても心配なものですから。私にはこのくらいしかできませんが」

私はママバッグをシートに押し込んで、一歩下がる。

「ジュン君、どうぞお大事に」

「ありがとうございます！」

タクシーを見送って私はほっと息をつく。四時二十二分。『ママ・ナーサリー』入会時に片野さんが出してくれた情報によると、片野さんが健診や予防接種にジュン君を連れて行っているのは、このあたりの子どもたちの病気を一手に引き受けている小児科医院だ。車で五分の距離。受付時刻は四時三十分まで。片野さんは、ジュン君の診察券と保険証、市から交付されている医療費助成証明カードも通勤バッグに入れている。今朝、私がそうしてくれと頼んだから。

総合病院の救急窓口は込み合うだろうし、初めての場所は余計な緊張を強いる。すでに馴染《なじ》みになっている医院に行けるなら、それに越したことはないが……。

たぶん間に合うだろう。

『ママ・ナーサリー』のドアを開けると、社長が顔を上げた。

「お疲れさま。ジュン君、診察時間に間に合ったって。手足口病」

「あ、もう連絡が来ましたか」

「うん。明日のシッターはキャンセル。明後日以降は様子見ね」

「わかりました」

『ママ・ナーサリー』は託児所ではないため、このオフィスはごく手狭だ。ベビーシッター業は集団保育でカバーしきれない需要をすくいとる隙間産業だが、『ママ・ナーサリー』の業績は順調らしい。

保育所入所がかなわなかった家庭、保育所の保育時間には仕事の都合をつけきれない家庭、そうしたクライアントをベビーシッターが一対一でフォローする。

たとえば、片野さんは復職の希望を抱いて休業・出産したものの、市内の保育所すべてに断られた。だが、それでもあきらめずに四月から職場復帰した。『ママ・ナーサリー』に登録して。週五日、朝八時半から夕方四時半まで、私は片野さんのお宅でジュン君のシッターをしている。

もちろん、高額だ。保育所の料金とは比べ物にならない。シッターの交通費を別にして一時間千二百円。ヘビーユーザー対象の各種特典割引は適用されるが、たぶん、片野さんのお給料のほとんどは、右から左、『ママ・ナーサリー』に流れている。

人によっては、こんな働き方は金の無駄、意味がないと考えるかもしれない。でも、片野さんは働くことを選んだ。お金のためだけに仕事するのではないから、と。

「私、ジュンと二人だけで過ごしたら、絶対、駄目な母親になる自信があるんです」

入会前に社長と二人で伺った面接の時、片野さんは笑顔でそう言った。

「主人のお給料だけでも、やりくりすればなんとか暮らせるとは思う。でも、それだと、何か、私は家の中に閉じ込められてるとか、そんな被害妄想を持ちそうなの。単純に今の仕事好きだし、ここでやめちゃうのはもったいないし。だから、これから一年分のお給料は、自分のところに残らなくていいんです。そのお給料で、仕事と母親、両方頑張る自分の未来を買ってるんだと思えれば」

今年一年乗り切れば、来年度はジュン君が乳児クラスではなく幼児クラスに入れる。保育に若干手がかからなくなる分募集枠も大きくなる。あと半年ほど、新年度募集まで、乗り切れば。

社長に「片野」と署名入りの「お預かりレポート」を渡し、明日の予定を確認する。

「片野さんのところのキャンセルが入ったということは、私、明日はさやかちゃんの送迎だけですね」

ジュン君のシッター後にさやかちゃんのお迎えに行くのは、スケジュール的にもぎりぎりだ。それでも「津村さんにお願いしたいので」と信頼されるのは嬉《うれ》しい。

バッグを持ち直して、何の気なしに携帯電話をチェックする。私が登録していないメールアドレスからのメールが入っている。

——お久しぶり。今度、会わない？

発信者は村上由美《むらかみゆみ》。私はちょっと眉をひそめた。三人目だ。中学校時代の知り合いから、数年ぶりの連絡。そういうのが先週から立て続けに来ている。昨夜のメールも中学の時の知り合いからだった。たいして内容もなくお久しぶりとあるだけだったので、私もあたりさわりのない返信をしておいた。その三日前に来た、一人目の友人にしたのと同じように。

どうして彼女らが私のアドレスを知っているのかと最初は不審だったが、しばらくして、一年ほど前に中学の同窓会に出たこと、その前後に元クラスメートの何人かと連絡を取り合ったことを思い出した。おそらくそれらの「知り合い」ネットワークに、なぜか最近になって私も巻き込まれてしまったのだろう。一年前、来年もぜひ同窓会をやろうなどと盛り上がっている旧友がいた。その相談かもしれない。

まあ、由美にもそのうちに返事をしておこう。生まれ故郷で仕事をしている以上、どこにビジネスチャンスがあるかわからない。元クラスメートの中にはすでに子持ちの人間もいるはずだ。小野愛佳のように。彼女らは『ママ・ナーサリー』の潜在的顧客だ。

今、終日びっしりと固定のクライアントを抱えている状況の私は順調と言えるし、新たな顧客を受ける余裕もないが、ベビーシッター業は集団保育事業者に比べてどうしても浮き沈みが激しい。私以外のシッターのためにも、新規のクライアント獲得に努める必要がある。

うん、中学の人脈を生かして『ママ・ナーサリー』のコマーシャルをしておくか。

そんなことを社長に話そうと思っていると、社長のデスクの電話が鳴り出した。

「はい、『ママ・ナーサリー』です。……あ、当社へのお問い合わせですか？　ネットでご覧になった？」

新規の問い合わせか。私は会釈して外に出た。コマーシャルの話は今度にしよう。


翌日。昼過ぎまでベッドでごろごろして、階下に降りると、家には誰もいなかった。母は仕事だし、千紗都もどこかに出かけている。

テーブルにメモが残っている。母の字で、

『今晩のご馳走、さりげなく期待』。

我が家は女ばかりの三人暮らしで、夕食は基本母の担当だ。ただし娘二人もちゃんと成長していることでもあり、夕方家にいる人間が台所に立つルールになっている。

食べることは生活の基本だし、私は職業柄栄養学の知識もあるが、実は料理が得意ではない。もっとも、それを言うなら我が家の女は全員似たようなものだ。

シッター先でも料理はしない――そのことは『ママ・ナーサリー』の利用規定に明

記されている——ので、当分上達はないだろう。シッター先で子どもに出す食事は、あらかじめクライアントに準備してもらう。私がすることは、電子レンジで温め直すことだけ。シッターは家政婦とは違うのだ。

コーヒーを淹《い》れていると携帯電話が鳴った。

ほらまた。地元の友人。この美奈子《みなこ》は登録してあったからすぐにわかった。それにしてもこれで四人目か。ただの同窓会メールだろうか。それとも、急に私は人気者になったのだろうか。いや、保険の勧誘？　選挙？　市長の任期満了はいつだっけ？

「もしもし、美奈子？　久しぶりね。去年の同窓会以来？」

——うん、そうだよね。ゆり、元気？　この前ゆりに会ったたって小野愛佳が言ってたって、村上由美から聞いたの。

「え？　ああ、そうなの、ほら、駅前の『シティ・フィットネス』が入っているビルの一階で……」

美奈子は、愛佳や、結局まだ連絡を返していない由美とは違って、ひところかなり親しくしていた友人だ。私はコーヒーマグと携帯を持ってソファに寝転ぶ。

美奈子の話し方は中学の時のままだ。

元気？　今何してるの？　うん、仕事は結構順調。

忙しい時だったらこんなとりとめのないおしゃべりは好きではないが、今日はとにかく、めったにない平日の休みだ。コーヒーはマグカップにたっぷり入っているし、こんなおしゃべりもいい。

やがてカップが空になった。

「じゃあ、美奈子、本当に今度会おうよ」

――うん、そうだよね。ゆり、いつなら暇？

「今のところ、夜ならだいたい大丈夫」

すると、電話の向こうの声が少しだけ用心深くなった。

――おうちは大丈夫？　夜、うちを開けられるの？

「うん、ほかに予定がなければ大丈夫だよ。今さら親に門限を言い渡されるような年でもないでしょ、お互いに」

受話器の中でえっという声が響いた。

――え？　ゆり、実家にいるの？

「そうよ。なんか、一人暮らし始めるタイミングを失っちゃって」

もう一度、えっという声。

「もしもし？　美奈子、どうしたの？」

——あの、あのね、ゆり、あたし噂《うわさ》聞いてたんだけど……。

「噂？　どんな？」

——ゆりが結婚したって。それで相手はバツイチの子持ちだって。


私はぶらぶらと夕食の買い出しに出かけた。

「ゆり、子持ちと結婚」説の出所はすぐに推測がついた。先週出くわした愛佳だ。愛佳があのおしゃべりな性格そのままに触れ回った相手の一人が由美。私は中学時代それほど親しくなかったが、由美もまた社交的な人間で、いまだにOGとして中学のテニス部に顔を出したりしているらしい。

あの時私はさやかちゃんの手を引いていた。そしてさやかちゃんを優先しなくてはいけないと、かなりぞんざいな挨拶だけで愛佳と別れた。思い返せば、愛佳は「あたしに冷たーい」と思う人間に対して、面倒な、いや神経質な性格だった気もしてくる。気を悪くした愛佳は私のことについて想像をめぐらせたのだろう。

——あたしがせっかく話しかけてやったのに、つっけんどんに背を向けたゆり。いったい何なの。まるで、子どもを隠したかったみたい、あたしから逃げるみたいに。

そんな不満を、由美かほかの誰かにぶつけているうちに、一年前の同窓会で私が独身だと近況報告していたことを知ったのだろう。

そのゆりが、どう見ても四、五歳にはなる子どもを連れているとすれば。答え。ゆりは子持ちのバツイチ男性と結婚したのだ。そのことを恥ずかしがっているから、逃げたのだ。

旺盛な想像力に感心するが、私だって愛佳の連れている子どもを彼女の子どもだと決めつけていた。人のことは言えない。ちなみに愛佳の連れていた子は「おそらく彼女の子」。彼女は離婚後この市に戻ってきたという。以上、美奈子経由の由美情報。

さっきの電話でお互いに大笑いした後、美奈子は元同級生たちにゆりのことは訂正しておくよといってくれた。

――由美のネットワークを使えば簡単よ。

――そうね、ありがとう、美奈子。私も由美に連絡しておく。

――考えてみれば、愛佳って昔から早とちりして突っ走るタイプだったものね。覚えてる？　ゆりが志望校変える時だって、どうして相談してくれなかったの、あたしたち仲間じゃない、って、ドラマみたいに大騒ぎして、一人で大泣きして。

「ああ、そう言えばそんなこともあったわね」

電話を切った後買い物に出てきた私は、ふと、遠回りしてある公園に向かった。

遊具が少し変わっている。砂場がなくなった。最近は衛生観念の発達した――発達しすぎた――母親が増えている。砂場で遊ばせるのを敬遠し、砂場自体を嫌がる母親も多いのだ。ここの公園も、そんな苦情でもあって砂場を撤去したのかもしれない。遊び終わった時きちんと手を洗いさえすれば、幼児でも滅多なことはないのだが。そもそも砂場で触れてしまう程度の雑菌など、空気中を含め、そこいら中にいるのだが。

だが、クライアントの安心は最優先だ。ここの公園はそんな母親も納得する程度には清潔だし、遊具も安全そうだ。ここから徒歩圏内でシッターを請け負った場合に備えて、私はざっと公園の様子を写真付きで携帯電話のデータに残しておく。

それから、ジャングルジムを確認した。見覚えのある形だが、ペンキを塗り替えている。溶接部にも問題なく、三歳を過ぎれば遊べそうだ。私は誰も見ていないのを確認して、登ってみる。小さい時から体操クラブに通っていたので、こういうことは得意なのだ。ジャングルジムの頂上は、やはり気持ち良い。私は下に広がる街を眺めながら、久しぶりに中学生の頃を思い出す。

私の人生の分岐点の一つは、私が十五歳の秋だ。高校受験を控えていたものの、私は私立校への体育推薦が半ば決定していた。小さい時から町の体操クラブに通って新体操やチアに熱中し、中学でも体操部に所属していたのだが、目指す学校の体操部はインターハイの常勝校で、私は有望視されていた。進路指導の教師も体操クラブの先生も、大丈夫と請け合ってくれていた。

これでいいんだよな。考えが幼かった私はたいして疑問も持たず、周囲のお膳立てに乗るつもりでいた。

あの日も、私は千紗都と公園にやってきて、ばったり出会った愛佳とアイスを食べていた。ジャングルジムの頂上からは、秋の空とその下に広がる住宅地が一望できた。千紗都は上まで登るのが怖いのか、下の方で横棒に取りついている。

器械体操もそれなりにやっていた私には、ジャングルジムなど大した高さではない。拍子をつけて飛び降りた瞬間、赤いものが目の中に飛び込んできた。千紗都のセーターだ。千紗都がちょうど私の真下で、ジャングルジムから出てこようとしている。

とっさに私は体をひねって千紗都の上に落ちるのを避けた。そして振り仰ぐ千紗都と目が合った瞬間、私は地面にぶつかり、同時に右足に激痛が走った。

それまでも練習中に足をひねったことは何度もあったが、あれは生まれて初めて経験した痛みだった。本当に痛い時って声も出ないんだな、ということも生まれて初めて知った。

診断の結果。右足首靱帯《じんたい》断裂。

私は冬休み前に志望校を変えた。特待生枠を狙うのをやめ、公立の普通科を受験し、どうにかすべりこんだ。


『今晩のご馳走、さりげなく期待』。

さて、メニューはどうしよう。私に作れる料理は限られる。毎度おなじみのビーフストロガノフでも作っておこうか。片野さんのシッターがなくなったから、家を五時前に出て保育園にさやかちゃんをお迎えに行き、リズム教室に付き添っておうちに送り届けても、八時半には家に帰れる。

私は肉屋に寄った後、思いついて携帯電話を取り出した。相手は、由美。

その後で、今度は千紗都にメールを送る。

——夕飯、どうする?

しばらく注意していたが、返事が来ない。まあいい。母と姉が先に食べていたところで、すねたりはしないだろう。

と思ったら、九時過ぎに帰ってきた千紗都が、ぷりぷりしている。

「ねえ、お姉ちゃん、今日はどこに仕事に行っていたのよ」

「どこって、いつもどおりのシッターで、クライアントのお嬢さんをリズム教室に送り迎えしてたけど」

「ええ？　今日はプール教室の日でしょ？」

千紗都はすっとんきょうな声を上げる。

「だってお姉ちゃん、月曜と水曜は帰ってくるのが遅いじゃない」

「だけど、クライアントのお嬢さんが行ってる教室が違うから」

「なあんだ」

千紗都は気抜けしたような声でどさりと腰を下ろすと、手に持っていた紙袋をテーブルに置いた。毎週さやかちゃんと行っているあのベーカリーの紙袋。

「はい、これお土産。といっても売れ残りだからって安くしてもらったパンだけど」

「今日もバイトだったのか、千紗都は」

千紗都はすでにビーフストロガノフを温め始めている。私もデザートだけ付き合うつもりで二人分のコーヒーを淹れると、もう一度食卓についた。母は優雅に入浴中。

「あのさ」

千紗都はしばらく黙々と食べた後で、切り出した。

「お姉ちゃん、今の仕事、楽しい？」

「どうしてまた急に、そんなこと聞く？」

「ねえ、楽しい？」

「うん、楽しいよ」

私は仕事用のノートをにらみながら、上の空で答える。明日は通常通りジュン君のシッターが入っている。熱は下がったそうだが、油断はできない。私の判断でジュン君に薬を飲ませることはできないから、その点をもう一度片野さんに確認して……。

「ところで千紗都、今日由美に会ったんだって？　たぶん、バイトの前かな？」

ノートに覚書を書きつけながら聞いてみると、一瞬、間が開いた。

「ええと、由美さんって……」

「私の中学時代の同級生。テニス部の熱血部長。考えてみれば、千紗都もテニス部だったよね。年が離れてるからあんたとは接点がないと思っていたら、由美って卒業後もよく母校に顔出しているんだって？」

「あ、ああ、村上先輩ね。うん、ちょっと」

私は話の続きを待った。だが、千紗都はそこで口をつぐんで食器を洗い始めている。

さっき由美は、「愛佳の早とちり」の件を詫《わ》びた後、私にこう言った。

――あのね、この前、千紗都ちゃんがね、なんだか思いつめた声で、ちょっとお話してもいいですかって連絡してきたの。私もOGと後輩ってだけのつながりだったけど、ついさっき会ったの。でも肝心の用件はよくわからなかったんだけど。千紗都ちゃんが結局はっきり言わなかったから。ただそうね、やたらにゆりちゃんのこと聞きたがってたよ。中学時代はどんな子だったのか、とか。

それなのに、今、千紗都は口を濁した。

何かある。そう思ったけれど、私はもう少し様子を見ることにした。

――私って、ほら、ゆりちゃんとはあまり話したことなかったじゃない？　だからたいしたこと言えなかったんだけど、千紗都ちゃん、将来のこととか悩んでるのかもね。だからお姉ちゃんの昔を知りたくなった、とか。かえって身内には言い出せないのかもよ、見守ってあげたら？

由美のその忠告に従うことにしたのだ。大所帯の部をまとめていたリーダーの言葉には、それなりの重みがあるだろう。

翌週。さやかちゃんは、なんと、プールの横幅十三メートルを泳げるようになってしまった。フォームはめちゃくちゃだが、苦しまぎれに顔を上げても、またあきらめずにがむしゃらにバタ足を続ける。そのうちにとうとう泳ぎ切ってしまったのだ。

「えらい！」

ガラス窓のこちらで手を握りしめていた私も、思わず叫んでしまう。はっと赤面したが、周囲の母親たちは温かい拍手をくれた。最年少のさやかちゃんは、この教室のアイドル的存在なのである。

「さやかちゃん、すごかったね！」

いつものベーカリーに隣同士ですわりながら、私は手放しでほめる。

「うん、苦しかったけど、夢中でバタ足してたら、壁に手が触ったの」

「すごいよ、すごい。水飲んだりしなかった？」

「ちょっと飲んだけど、息も苦しかったけど、でももう少し、もう少しだけならできる、ってバタ足したらそのうち壁に手が触ったの」

さやかちゃんは何度でも同じことを話す。私も笑顔で、何度でも聞く。小さい子は、同じことを繰り返して飽きることを知らない。それでいいのだ。楽しいことを追体験して記憶に定着させるのは、とても大事なことだ。次への自信になる。

「それでね、ゆり先生……」

ふと、私は視線を感じて、ちらりと横を見た。エプロンをつけた千紗都がすぐうしろで、テーブルを拭いている。いかにもかいがいしい従業員という風情《ふぜい》で。

だが、そのテーブルには、私たちが来てからすでに一度、千紗都は拭きに来ていたはずだ。その後客は一度もすわっていない。外は夕立で、そのせいか客足が途切れているのだ。今拭くべきは、テーブルより雨に濡《ぬ》れているはずのドア付近だろうに。

千紗都はテーブルをやけに馬鹿丁寧に拭き終わると、今度は私たちの隣のテーブルの、乱れてもいない椅子を直している。

いったい、何をしているのか。私に思い浮かんだ答えは一つだけ。

私とさやかちゃんの会話を、盗み聞きしている。赤ん坊の時から世話してきた私の眼力を見くびってもらっては困る。理由はまるでわからないけれど。

――お姉ちゃんの昔を知りたくなった、とか。

千紗都はそんなにかわいい妹だったろうか。それはともかく、やはり私は直情径行型だ。由美部長のお言葉ではあるが、これ以上は待てない。

さやかちゃんの前で千紗都を問い詰めるつもりはない。だが、今夜は千紗都に直談《じか》判だと考えながら、私はさやかちゃんの手を引いてベーカリーを出た。

「ありがとうございました」

声に振り向くと、すぐうしろに千紗都がいる。どこまでくっついてくる気だ。

「千紗都、何か私に言いたいことがあるの？」

私は直情径行なのだ。だが、面と向かってそう言うと、千紗都は一歩下がった。

「う、ううん、別に……」

さらにうしろへ一歩。その一歩の踏み込みが悪かったのか、傘立ての横の小さな水たまりで片方の足がすべった。

わ、と声を上げながら、千紗都は傘立てと一緒にひっくり返った。私は思わずその腕をつかもうとしたが、間に合わない。

「千紗都、大丈夫？」

かがみこんで聞いてやると、千紗都は情けない声を出した。

「ええと、あんまり……」

千紗都のてのひらが、ざっくりと切れている。スチール製の傘立てのとがった角で切ったのだろう。

「うわ、痛そう」

横からのぞきこんださやかちゃんが顔をしかめて気の毒そうに言った。だが、私の方はたいして同情する気分にはなれない。

なれないが。

「千紗都、傷を洗ってらっしゃい」

私はバッグの中を探りながら、すぐそこに見えるトイレにあごをしゃくり、店内から顔をのぞかせた千紗都の同僚は持ち場に返し、さやかちゃんには了解を求めた。

「ごめんね、さやかちゃん、ちょっとだけ待ってくれるかな？」

「うん、いいよ」

何やら企《たくら》んでいるらしい妹だが、昔から数えきれないほど薬を飲ませ、傷の手当てをしてやってきた習慣がついてしまっている。

しおしおと戻ってきた千紗都の手の傷を私はじっくりと見た。もちろん重症ではないが、相当に痛いだろう。下手に私のことに首を突っ込んだ報いだ。私はバッグからラップフィルムを取り出すと小さく切り取り、千紗都の無事な方の手に持たせた。

「お姉ちゃん、何、これ。何でラップなんかバッグに入れてるの」

「こういう時のためよ。いいから、持ってなさい」

私は千紗都の傷を合わせるように両側から力を加える。千紗都が痛そうに顔をゆがめるのは無視した。そのまま、しばらく待つ。

一分経過。私は自分の手を放して千紗都の傷を観察した。割れた傷口がぴったりりくっついている。私は傷が開かないようにおさえたまま、千紗都に持たせていたラップでぴったりと覆い、これもバッグから取り出したテープでそのラップを固定する。

「さあ、これでいいわ」

「ね、消毒とかしなくていいの？」

「かえって消毒薬を使わない方が早く治るの。皮膚の常在菌が雑菌から傷を守ってくれるから。体から自然に出る浸出液が乾かないように保湿して皮膚の再生を待つ。あんたも若いんだから、それで充分よ」

「なんでそんなに詳しいの、お姉ちゃん」

「救急の講習を受けてるから。だから今のも全部受け売りよ」

千紗都はしみじみと自分の手を見ながらつぶやいた。

「本当にもったいないよなあ。お姉ちゃん、こんなに何でもできるのに」

「もったいない？　それ、どういうこと？」

千紗都があわてて手を振る。

「ううん、何でもないの」

私は千紗都を見る。千紗都が目をそらす。

しかたがない、今は仕事中だ。私は立ち上がってさやかちゃんにお礼を言う。

「お待たせ、さやかちゃん。さあ、おうちに帰ろうね」

「あ、ありがとうお姉ちゃん……」

言いかける千紗都に、私は威厳を込めて言い渡した。

「売り物に触れないなら、早退させてもらって家でおとなしくしてなさい。夜、話があるからね」

　私より先に帰っていた千紗都は、食卓にパンを山ほど並べて待っていた。

「ごめんなさい、お姉ちゃん」

なるほど、悪いことをしていた自覚はあるわけだ。

「千紗都。あんた私を張ってたよね？」

「はい。お姉ちゃんがどういう仕事しているか、この目で見たくなったから」

「ひょっとして、それでバイト始めた？」

「はい」

「いったい何でまた……」

「半月くらい前、村上先輩のお友達って人にばったり会ったの。あたしたちの通ってた中学校で。テニスの地区大会があったから、同じ学年の子同士でさしいれ持って行った時。そこに、お姉ちゃんの同級生で同窓会の相談だとかでやっぱり学校に来ていた人がいて。それで、あなた、津村ゆりの妹よねって。その時聞かされた。お姉ちゃんはすごい体操選手になれるはずだったのに、オリンピックも狙えるはずだったのに、中学生の時足に怪我をしたから断念したんだって。それ、あたしのせいで怪我した、あれのことだよね？」

「何それ？　私そんなにたいした選手じゃなかったよ、ただ真面目《まじめ》だっただけで……」

そこで私ははっと思い当った。

これまた愛佳か。あの怪我をした現場に居合わせた愛佳。私が志望の高校を変えた時に、当人そっちのけで愁嘆場を演じた愛佳。いろんなことを、やたらにドラマチックに仕立てるのが好きな愛佳。

「……あたしのせいだったなんて、初めて知ったの」

「ちょ、ちょっと待って千紗都」

「全然知らなかった。あの時、そんなひどい怪我をしたなんて。お姉ちゃんが夢あきらめたの、あたしのせいだなんて」

「……やれやれ」

私は一度、大きく深呼吸した。さて、どこから訂正したものか。

「あのね、千紗都、私は何もあきらめていない。志望高校を変えたのだって、私がそうしたかったから。だいたい、私くらいの選手なら日本中にごろごろしてた」

「だけど、そのせいで志望校あきらめたのは本当でしょ。かばったりしないでよ」

ああ、もう。

「千紗都、だから、そもそも違うんだってば」

……本音を打ち明けるしかないか。両親だけは知っているが、ほかの誰も、教師にも体操クラブにも話さなかったことだが。

「白状しようか。私にとって、あの怪我は本当にラッキーだったのよ。私、あの怪我したあとでね、気がついたの。実は推薦受けないことにほっとしている自分に」

千紗都の目が丸くなる。

「これで体操やめられるって思ったの。だから、いいチャンスと思って怪我のことを大げさに言ってやめたの。これで高校に行っても体操しなくてすむって」

「どうして？　どうしてそんなこと？　お姉ちゃん、あんなにかっこよかったのに……」

「本音を言うと、ややこしい集団競技はあのことが起きるずっと前から大っ嫌いだった。でも言い出すチャンスがなかった、言っちゃいけないとも思っていた」

　十五歳の私は徐々に強くなる違和感に悩まされていた。先輩には絶対服従。一人でもミスをしたら全員校庭十周。その他その他……。

「そんなこと……。お姉ちゃん、もったいなかったよ。あの時からずっとそう思ってた。なのに、それがあたしのせいだなんて」

「だから、私をつけ回してたの？　今になってそんなことを吹きこまれたから、あやまろうって？」

「あやまるっていうか……どうしてお姉ちゃんが、こんな子守みたいな仕事をしているのかなってくやしかったから」

「ちょっと待て、千紗都」

　私はしばらく呼吸を整えた。私ももう、自分が何者かわからなかったティーンエイジャーではない。千紗都も、私に黙って夕飯前にポテトチップ一袋たいらげた八歳の千紗都ではない。ここで激昂《げきこう》するのは大人げない。

　だが、今の言葉だけは聞き捨てならない。

「千紗都、ベビーシッターは私の天職だよ」

「え？　こんな仕事が？」

「千紗都！」

私はぴしゃりと言う。

「もう二度と『こんな仕事』なんて言うな。それはものすごく失礼」

ベビーシッターは私の誇り高い天職だ。そして、やるからには最高のシッターになる。昔、千紗都に読んでやった本の主人公のような。

しばらく視線をはずさないでいるうちに、私が本気だと千紗都にもわかったらしい。

「……ごめんなさい、お姉ちゃん」

「よろしい」

悪いところはきちんと注意しなければならない。どこがいけなかったかしっかりと自覚させて、もうしないと肝に銘じさせる。

「私は自分で競技しなくても、子どもを指導するのは好きかと思って、教育学部へ行った。でもその後で気づいた。私には教師への適性もないと」

私はみんなと同じ動きを求められるチアが苦手だった。集団の子どもを指導することにもとことん向いていなかった。一人一人の子どもにじっくり向き合えば、どの子もすばらしい可能性があるのに、文部科学省の指導要領に沿っていたら、どうしても見切り発車しなくてはならなくなる。

だから卒業後、働きながらベビーシッター資格を取った。『ママ・ナーサリー』に出会えたのもとても幸運だった。

自分が役に立っていると日々納得できる仕事。天職以外の何物でもないだろう。

……家の中の空気が重くなってしまった。私は切り替えようと立ち上がる。

「千紗都、ちょっと星でも見ようか」

私は家中の灯《あか》りを消して、千紗都を二階のちっぽけな物干し台に連れ出した。町中の空でも、わずかに星が見える。あれが白鳥座、しっぽの一等星はデネブ。首の三等星はアルビレオ。雑学は知っていればいるほど、シッターの武器になる。

「そう言えば今夜あたり、ペルセウス座流星群がピークじゃなかったかな」

「え、ほんと？　流れ星、見える？」

「こんなに明るいからなあ。無理じゃないかな。それに、もっと遅い時刻だったようなな」

「じゃあさ、お姉ちゃん、十分間だけ、ここで待ってみよう」

「いいよ。でも暗くて時間が計れないね。携帯電話も中に置いてきちゃったし」

すると千紗都が『ラブ・ミー・テンダー』を歌い始めた。

「千紗都、その歌……」

「お姉ちゃん、さっき歌ってくれてたよね、あたしの傷をおさえながら」

「そうだった？」

だとしたらまったくの無意識だ。傷がくっつくのにかかる時間を、自分でも気づかないうちに計ろうとしていたのだろう。

「一回歌うと一分なんでしょ。お姉ちゃん、いつもあたしに咳止めの薬を飲ませて歌ってたじゃない。お薬が効くまで頑張ろうねって」

「私、千紗都に歌ってた？　この歌を？」

「うん。薬を飲んで十分待てば、この歌を十回歌えばちゃんと薬が効いてくるって。あたしが咳が止まらなくて、でも母さんが仕事で、お姉ちゃんが看病してくれた時」

そうか。あの頃から私は、千紗都のために歌っていたのか。自分でも忘れていた。

結局流れ星は見えなかった。私たちはずいぶん経《た》ってから部屋に戻った。そして、帰宅したら娘二人が鍵もかけていない真っ暗な家の中のどこにもいないという事態に動転していた母から、子どもの時のように怒られた。

八月の終わり、朗報が入った。片野ジュン君の保育所入所が決まったのだ。実は乳児枠は、年度途中の空きが出やすい。新年度、希望に満ちて職場復帰した母親が、育児と仕事の両立のあまりのハードさに、数か月で辞めるケースがかなりあるのだ。

ベビーシッターを活用してくれれば辞めなくてすんだかもしれないのに、とは思うが、ここは片野家の幸運を喜ぶところだろう。

「幸運じゃないわよ、週五日フル稼働の大口お得意さんが九月からいなくなるのよ」

そう嘆く社長を、私は新規のお客を獲得して慰めた。

小野愛佳から『ママ・ナーサリー』を聞いたというお客さん（長男・四歳）。

「うちの子、外遊びが苦手で。幼稚園でうまく小野さんたちの子と遊べないんです」

私は週二回、幼稚園降園後の遊び相手を引き受けた。若干太り気味かつ怖がりの性格が災いして体を動かすことに慣れていないだけだ、自信がついたらすぐに活発になる。私はこの間リサーチした公園で、思い切り一緒に遊んだ。彼はすぐに、今まで怖くてどうしてもできなかった鉄棒の前回りを成功させ、私は大いに感謝された。

「津村さんて、すごいですね！　子どもの気持ちも母親のこともわかってくれて！」

最近、旧友たちからの連絡が頻繁になった。それから、千紗都のバイト仲間のおばさまたちからも。千紗都が姉のスーパーシッターぶりを吹聴《ふいちょう》しているらしい。

――有能なんですよ、うちの姉。あの有名な本の主人公みたいっていうか……。
純粋な業務連絡と区別するために、私は彼女たち専用の着メロを設定した。
曲は『ラブ・ミー・テンダー』。

クール

山本幸久

山本幸久（やまもと・ゆきひさ）
1966年東京都生まれ。中央大学卒業。編集プロダクション勤務などを経て、2003年『笑う招き猫』で第16回小説すばる新人賞を受賞してデビュー。温かみあふれる軽妙なユーモアに定評がある。著書に『幸福ロケット』『凸凹デイズ』『ある日、アヒルバス』『床屋さんへちょっと』『パパは今日、運動会』『展覧会いまだ準備中』『幸福トラベラー』など。

肩に力を入れるな。

久作《きゅうさく》さんの声が耳元でする。広川《ひろかわ》ゑいを包むようにして、背中にぴたりと張りついていた。ふたりがいるのは橅《ぶな》林だ。頰がつきそうなくらい、そばにある久作さんの顔をゑいは横目で盗み見る。

よそ見をしてはならん。

叱られた。でも怒ってはない。久作さんは八重歯を見せて笑っていた。野良《のら》仕事をさせておくのはもったいねぇ、役者みてぇな二枚目だ。そう言ったのは嫁入りを勧めた源《げん》叔父さんだ。実際その通りだった。戦後になって再開された奉納祭りの地歌舞伎で、舞台に立ったことも何度かあった。『白浪《しらなみ》五人男』で弁天小僧菊之助を演じたのをゑいはいちばんよく覚えている。

大きく息を吸うんだ。そして吐きだせ。

ゑいは言われたとおりにした。肩の力は抜けた。しかし鼓動は高まるばかりだ。からだぜんたいが火照《ほて》っている。恥ずかしくてたまらない。

こんなときに恥ずかしがるやつがいるか。

口にしていないのに久作さんはわかったらしい。そこでゑいはこれが夢だと気づいた。想い出は過ぎ去らず、いつまでもゑいの胸に留《とど》まり、こうして夢に見る。

細いからだだな。もっと太らんと駄目だ。これでは赤子が生めんぞ。

しっとりと汗で濡《ぬ》れた久作さんのからだに、自分の身を委《ゆだ》ねるのがゑいは好きだった。ああ、そうだ、あたしはこのひとの女房なのだと実感できるからだ。

もうしばらくこうしていたい。

そう思ったところで、ゑいは瞼《まぶた》を開いた。


フランス人形が棚田を背に立っている。

本物ではない。フランス人形によく似た若い女性が立っていたのだ。肌が抜けるように白い。大きな瞳に長い睫毛《まつげ》、そして高い鼻。スラリと背が高く、手足は細長かった。ただし髪は黒い。遠目だからわからないが、瞳の色も青くはなさそうだ。大きな帽子を被《かぶ》ってはいないし、ヒラヒラが付いたドレスではなく、若草色のワンピースを着ている。

だれやろ。末娘の妙子《たえこ》やろか。

そんなはずはない。村では人目をひく美人ではあったが、これほどではなかった。それに、そうだ。妙子は久作さんが亡くなる前の年に嫁いだではないか。あのときは大変だった。久作さんは病を押して、披露宴に出席した。病状が悪化しているのを、車椅子に乗せ、花嫁以外の子ども達三人が、代わる代わる押していた。家族六人が一堂に会したのはあれが最後だったかもしれない。かれこれ二十五年以上昔のことである。いまでは妙子もいい歳だ。

正月に顔を見せたときには、すぐ上の姉の雪子《ゆきこ》と、白髪《しらが》染めについて話していたがな。あれはいつの正月だったろか。今年かのぉ。それとも去年だったかなぁ。

思いだせない。ともかくあのフランス人形に似たお嬢さんが、妙子ではないのはたしかだ。

孫のうちのだれかかも。

ゑいには七人の孫がいた。どの子とも一年に一度、会うか会わないかだ。赤ん坊だと思っていた子が小学校にあがっていたり、七五三を済ませたばかりの子が成人式をむかえていたりするのはよくあった。ことよそとは時間の流れがちがうらしい。ひとに言えばあり得ないと笑われるだろうが、ゑいはどこか本気でそう思っている。

フランス人形さんからやや離れたところに、人集《ひとだか》りができている。十人以上はいそうだ。みんな、このあたりの者ではない。トカイモンだ。格好を見ればわかる。背広姿もいれば、派手な柄やオカシな絵が描かれたシャツを着ている者もいた。みょうちくりんな髪型をして、男だか女だかわからないのも多かった。

まるでチンドン屋やな。

ただし手にしているのは笛や三味線《しゃみせん》、太鼓に鐘の類いではない。機械のようだが、なににつかうものか、ゑいにはさっぱりである。

ゑい自身は畦道《あぜみち》から少し外れた斜面の岩に丸まるように座っていた。横に竹細工の背負《しょ》い籠を置き、鍬《くわ》が立てかけてある。籠の中はけっこうな荷物だ。鎌や熊手、スコップなどの農具一式の他に、昼の弁当に水筒、用心のために熊よけのスプレーが入っている。そして端っこに革製の長細いケースを突き刺すように入れていた。

気づけばフランス人形さんがゑいを見ていた。穏やかな笑みを浮かべながらだ。どうしたらいいものかわからず、とりあえず会釈をしたところ、彼女はゆっくりとした足取りで近づいてきた。

「素敵ですよねぇ。毎日、この風景をご覧になっているんですよね。いいなぁ。羨ましいです」

フランス人形さんは笑うと、口元から八重歯が見えた。なんとも愛らしい。久作さんにも八重歯があったのを思いだす。彼女はゐいの隣に腰をおろした。

「私、生まれも育ちも葛飾柴又《かつしかしばまた》なんです。帝釈天《たいしゃくてん》で産湯を使ってはいませんが」

だとすれば孫でもない。

「両親は幼なじみで、三代つづいた江戸っ子でしてね。つまり私は四代目なわけで」

フランス人形みたいな四代目の江戸っ子が、どうしてこんな片田舎にいるのか。場違いもいいところである。

「実家はマンションで、窓から見えるのはビルと家の屋根ばかりなんです。でも不思議ですね。こんな自然を目の当たりにすると、ひどく懐かしく思えてきて。日本の原風景とはまさにこのことですね」

なぁにが日本の原風景だ。実際にこの土地で働いているのは、じきにお迎えがくるジイサンバアサンに、よその国からきたマリアだ。おまえ達トカイモンなど珍しがって物見遊山にくるだけのくせしてなにを言う。

腹ではそう思いながら、ゐいは黙って頷《うなず》く。そしてフランス人形さんがつぎになんというか予想がついた。

「一度でいいから、こんなところに暮らしてみたいなぁ」

予想通りだ。的中したところでうれしくもなんともない。ここを訪れたトカイモンの決まり文句のようなものだ。だがだれひとり、ここに引っ越してはこなかった。そういうものだ。わかっている。腹は立たない。しかしいい加減、聞き飽きた。

「あっ、でも」フランス人形さんはあたりを窺《うかが》いながら訊《たず》ねてきた。「ここまでくる途中の道で、『熊出没注意』っていう標識をいくつか見たんですけど、ここらはどうなんです？　やっぱりでるんですか」

「でることはでる。でもここまで下りてくることはまずねぇ。いざというときは」ゐいは手を伸ばし、岩の横にある背負い籠から熊よけのスプレーをとりだした。「これ使えばええ」

「あっ、それ知ってます。番組で紹介したことあります。そのとき使い方も教わりました」

番組で紹介？

「それじゃ、リハにかかるとしようか」

男の甲高い声が聞こえてくる。

「私、いってきますね。オバアサンの出番はまだ先なんで、そちらで待機しててください」

フランス人形さんはチンドン屋と見紛《みまが》うひと達の元へ駆け寄っていく。

「はじめに棚田をバックに、サキちゃんがこの集落について説明をします。いや、その前に棚田の全景から入ったほうがいいかなぁ」

ちっちゃな男が畦道をうろついているのが見えた。甲高い声の持ち主だ。色白で目が吊《つ》り上がっている。なにかに似ているぞ。狐《きつね》だ。それも本物のではない。お稲荷《いなり》さんに飾られている置物の狐である。フランス人形さんはみんなから少し離れたところで、狐男を見ていた。

そういえば。

ゑいは家にフランス人形があったのを思いだす。妙子が六歳だか七歳の誕生日のプレゼントだった。久作さんが往復四時間かけて、町まで買いにいったのだ。しばらくはガラスのケースに入れられ、床の間に飾ってあった。いまはもうない。

どこぉいったのやろ、あの人形。

嫁入りのとき、妙子が持っていったのだろうか。いや、ちがう。

これも持っていくんかね。

床の間のフランス人形を指差して、妙子に訊ねた覚えがゑいにはあった。それで、そう。あの子はなんとも苦い顔をした。つまらない冗談を聞かされたようにだ。

社宅に住むのよ。そんな大きなもの、置ける場所なんてあるはずないでしょ。母さんったらほんと、世間知らずなんだから。

世間知らず。妙子だけではない。他の子ども達にも散々言われてきた言葉だ。ゑいは反論したことがない。その通りだからである。嫁いでからこの方、一年のあいだにこの集落をでるのは一度あるかどうかだ。久作さんが亡くなってからというもの、さらに回数が減った。ここ二十年ばかりは家と田んぼの行き来だけだった。

「あっ、ぼく、いいこと思いついちゃった」狐男はまだしゃべっていた。それにしてもなんて耳障りな声だろう。「棚田の全景が映しだされたときに、鳥の鳴き声が聞こえてくるのってどう？　よくない？　ねぇ？」

狐男がチンドン屋仲間に同意を求める。

「イイッスね」「それやりましょ」「冴《さ》えてるなぁ」「さすが敏腕」「発想が斬新」

褒めているし、頷きもしていた。しかしだれも心がこもっていないのが傍《はた》から見ているゑいでもわかった。それでも狐男はおかまいなしである。満足げに笑っていた。

「オンセーさん、そういう音、拾える？」

「ああ、ちょっと待ってください」

狐男に返事をしたのは大柄な男性だ。莫迦《ばか》でかいヘッドフォンを耳につけている。ああいうのを長男の好継《よしつぐ》が、若い頃にしていたのを、ゑいは思いだした。いや、次男の幸雄《ゆきお》だったか。オンセーさんは長い竿《さお》を持っていた。妙なのはその先には獣のしっぽのようなものが付いていることだった。なんのための道具か、それこそゑいには見当もつかなかった。高い天井を拭くためのモノだとしても、ここは外である。捕獲網でもトリモチでもない。あんなものでは虫も鳥も捕まえられまい。いまそれをあちこちにむけている。オンセーさんはTシャツに膝上までしかないズボンを穿《は》いていた。まだ四月だというのに真夏のような格好である。太い腕や腿《もも》は丸だしだ。肩幅が広く胸板は厚い。

トカイになんかおらんで、ここで畑ぇ手伝ってくれたらいいのに。

ゑいは本気で思う。土起こしや収穫の時期に、二、三日だけでもかまわない。それだけでじゅうぶん助かる。

でもどうかのぉ。見かけ倒しかもしれん。

その昔、夏の盛りに学生さん達が手伝いにきていたことがあった。次男坊の幸雄が京都の大学で教授をしていた頃だ。彼の教え子だった。十何年つづいていたはずだが、いつだかこなくなってしまった。年によって人数はまちまちで、片手に満たないときもあれば、あまりの大人数に観光バス一台に乗って訪れたこともあった。

　相撲取りのような立派な体格の学生さんも幾人かいたが、そういうのに限って使い物にならないことがままあった。力はある。重いものを持ち運びするのには役立つ。でもたいがいはヘバってしまうのだ。傾斜のきつい山道を上り下りしたせいで、膝を傷めて病院に運ばれた者までいた。

「どう？　いけそう？」

「オッケーです」オンセーさんが狐男に返事をする。

「そしたらサキちゃん」狐男が手招きをする。それがまたお稲荷さんの狐にそっくりの動作だった。「こっちぃきて」

「はい」

　フランス人形さんが狐男の横に立つ。ふたりの身長は二十センチ以上ちがう。フランス人形さんのほうが高い。彼女の手にはマイクが握られていた。

　マイク？

　どうしてマイクなど持っておるんやろ。

「ピィイイ、ピィイイ、ピィイイ」

　狐男がおかしな声をだす。どうやら鳥の鳴き真似《まね》をしているらしい。おまえさんはコンコンではねぇのかとゑいは腹の中で思う。

「いま鳥が鳴いてまぁす。サキちゃん、手を耳に当てて」

「こうですか」フランス人形さんはおとなしく従った。

「そうそう。それでスタジオにむかって、聞こえますかぁって訊ねてちょうだい」

「聞こえますかぁ」

とんだ猿芝居である。

久作さんより幾分、まともかもしれんけど。

奉納祭りの地歌舞伎で、弁天小僧を演じた久作さんをゑいは思いだす。役者みてぇな二枚目ではあったが、役者にはむいていなかった。動きは鈍く、台詞《せりふ》は棒読みでたどたどしい。はっきり言えばひどい大根だった。地歌舞伎があるたびに、四人の子どもを引き連れ、舞台がある村はずれの神社まで足を運んだ。しかし客席にいてあれほどハラハラする芝居もなかった。久作さんが台詞につまるたびに、心臓が鷲掴《わしづか》みにされる思いだったからである。

がんばりやぁ、お父。

弁天小僧の久作さんにむかって、そう叫んだのは末娘の妙子だった。まだ三歳にもなっていなかったはずだ。客席がどっと沸いた。白浪五人男の他の四人も顔を綻ばせていた。この翌年から久作さんは地歌舞伎にでなくなった。地歌舞伎自体も、いつの間にかなくなってしまった。村はずれの神社にはずいぶんと長いこと足を運んでいない。

妙子自身、あのことを覚えているだろうか。好継は覚えているだろう。俺も芝居をやりたいと言ったのは幸雄だ。雪子は白塗りの久作さんを嫌がっていた。言わなかったが態度でわかった。そしてこう言ったことがある。

あたしは野良仕事をしてるお父のほうがいい。

「愛らしい鳥の鳴き声ですねぇとかなんとか言ってさ。そのあいだカメラは棚田を映しているから、そこに台詞被せて」

「故郷を思わせる懐かしさに満ち溢《あふ》れたこの風景、まさにクールジャパンだと思いませんかぁ」

「いいよ、いいい。いい感じ」

クールは近頃、ゑいがよく言われる言葉だ。とはいっても言うのは六歳の女の子ひとりだけだが。

「それからこの土地の紹介に入るの。オッケー?」

「オッケーです」

狐男が仕切る猿芝居はまだつづくようだ。見ていて面白いものでもない。ゑいは目の前に広がる棚田に顔をむけた。一面の田んぼは苗を植えたばかりだ。そこに張られた水が春の微風になびき、陽の光を浴びて、きらきらと輝いている。この集落に嫁いで七十年近く見慣れた光景だが、それでも美しいと思う。ただし変化がないわけではない。世話をするひとを失い、ところどころに荒れ放題になった耕地がある。

切れ切れになった雲が青空をゆっくり流れ、若葉に覆われた山のむこうへと消えていく。ゑいの郷《さと》があった方角だ。ずいぶん昔にダムの底に沈んでしまった。いまはこの地こそがゑいの郷である。

膝の上に置いた両手に目を落とす。皺々《しわしわ》なんてものではない。すっかり枯れて朽ちている。手ばかりではない。腕も脚も胸も顔も、からだのすべてがそうだ。仕方がない。ゑいは今年で八十六歳だった。

久作さんは昭和のおわりに大病を患い、亡くなっている。享年七十二だった。あれから四半世紀が経《た》つなんて、とてもではないが信じられない。まるで昨日のようだ。

右斜め下、東南の方角を見下ろすと、瓦屋根の我が家がある。平屋だが部屋は台所を含めて十もあった。夫婦ふたりに子ども四人でも広かった。いまではゑいひとりきりでなおさらだった。長い間、足を踏み入れたこともない部屋ばかりだ。子ども達の部屋はすべてそうだ。でていったときのまま、手をつけていない。

その我が家へ通じるくねくねと蛇のような山道を、軽トラックが走ってくるのが視界に入った。マリアにちがいない。この村に暮らす女性である。ただし日本人ではない。はじめて会ったときに、呪文のような長い名前を言ってから、「マリアでかまいません」と微笑《ほほえ》んだ。遠い南国の生まれで、十年以上昔に日本にきたという。この村に越してきたのは去年の秋で、村の北端にある一軒家を借りて、六歳の娘とふたり暮らしをしていた。ふだんはそのそばの居酒屋で働いているものの、そちらの手が空いたときはゐいの手伝いに訪れた。

軽トラックはゐいの家に入り、庭先に停《と》まる。すると同時に助手席のドアが開き、キティがピョンと飛びだしてきた。豆粒ほどにしか見えないがまちがいない。つづけて運転席からマリアも降りてきて、さきを急ぐ娘のあとを追いかける。ふたりは庭を横切り、家の裏手へむかい、細い畦道にでた。仲良く手を繋《つな》いでいる。なんとも微笑ましい光景だ。実際のところ、活発すぎるキティが走って怪我《けが》をしないよう、マリアが摑まえているのだ。棚田を縫うように曲がりくねったその道を十分も歩けば、ここまで辿《たど》り着く。

キティにも母親とおなじくらい長い名前がある。ただしその中にはキティは含まれていない。自らつけたあだ名なのだ。

あたし、キティちゃんが好きなの。だからキティって呼んでちょうだい。

ひどく大人びて、こましゃくれた子だった。訛《なま》りがなく、トカイモンのようなしゃべり方をするので余計、そう思えた。まるで物怖《ものお》じせず、少しでも疑問に思うことがあれば、つぎつぎに訊ねてきた。母親が外国人だからかと思ったが、マリアはおとなしく控えめで、口数も少なかった。

どれがオバアサンの名前？

キティは玄関先にある郵便受けを見ながら訊ねてきた。そこには久作さんをはじめ、ゑい、好継、幸雄、雪子、妙子と家族六人の名前が記されていたのだった。上から二番目だと教えてあげたところ、キティは『ゑ』を指差し、なんと読むのか訊ねてきた。

ゑいは『え』だと答えた。

クールな名前ね。とてもイカしてる。

クールが涼しいという英語だというくらいはわかる。でもなぜ自分がそうなのか、さっぱりわからなかった。その後もキティはしょっちゅう、クールを連呼した。

キティはいま、マリアと手を繋ぎながら飛び跳ねている。なにか唄っているにちがいない。さすがにこの距離ではどれだけ耳をすませたところで、その歌声は聞こえそうになかった。畦道を歩いていたふたりは、途中に生い茂る橅の木に隠れて見えなくなった。

「サキちゃんが村の紹介をおえました。さぁ、ここで」

代わりに聞こえてきたのは、狐男の耳障りな声だった。ゑいはうんざりした。

なんであたしはこんなところで、油売っているんのやろ。じきにマリアもくる。さっさと田んぼにいかねば。

そう思って腰をあげたときだ。

「あれ？　ソンチョーさんは？　ソンチョーさぁん。どちらにいらっしゃいますぅう？」

「は、はい」

狐男に呼ばれ、チンドン屋をかきわけるようにして、狸親父《たぬきおやじ》があらわれた。我が村の村長である。見た目からして狸で、月夜の晩に叩《たた》いていてもおかしくないくらい立派な腹をしている。性格も狸だ。笑みを絶やさないが、突きでた腹の中でなにを企《たくら》んでいるか、わかったものではなかった。ところが今日はどうしたことだろう。

「きょ、今日はよろしくお願いします」

声が上擦っている。額に汗をかき、頬が震えていた。笑っていないので、いつもの狡猾《こうかつ》さはなく、それどころかいまにも泣きだしそうだった。なんとも情けない。

「はい、それではサキちゃん、ソンチョーさんにお話、伺って」

「一見のどかではありますが、この村にも問題がおありなんですよね」

「は、はい」フランス人形さんにマイクをむけられ、狸親父は咳《せき》払いをしてから話しはじめた。「子ども達は引き継ぐことなく、む、村を離れていき、の、農業に勤《いそ》しむひと達の高齢化は進む一方であります。か、かくして、え、えぇと」

狸親父は言葉に詰まった。そしてズボンのポケットに手を突っ込み、紙を取りだした。四つ折りだったそれを広げて視線を落とす。

「こ、耕作放棄地は年々増加し、こ、この美しきけ、景観が失われかねないという、ゆ、由々《ゆゆ》しき問題に直面しております」

狸親父の言う通りではあった。二十歳を過ぎると、たいがいの若者はでていってしまう。ゐいの四人の子ども達もそうだった。狸親父のところだって、三人いた息子はだれひとり村に残っていない。

「だいじょうぶですか、ソンチョーさん」

さすがの狐男も心配顔だ。いや、迷惑顔といったほうが正しい。そして狸親父の背後に近づき、彼の肩を揉《も》みだした。

どうしてああも馴《な》れ馴れしいのやろ。

狐男を見ながらゑいは思う。上っ面のつきあいで、世間を渡り歩いてきたにちがいない。まるで信用がおけない。狐男自身、ひとに信用してもらおうと思っていないようだ。

「そんなガチガチになんないでくださいよぉ、村長さぁん。ねぇ？　リラックスゥ、リラックスゥ」

狐男は笑いながら言う。ひとは笑うと目尻が下がるものだ。しかし彼の場合、反対に吊り上がり、笑えば笑うほどお稲荷さんの狐に近づいていく。やはり化けて、ひとに成り済ましているのかもしれない。

尻からしっぽがでてきても驚かんぞ。

「い、言うことがなかなか、ま、まとまらんで。な、なにせテレビにでるのなんて、はじめてなものですから」

そうだった。思いだした。あたしはこれからテレビにでるんやった。すっかり忘れとったよ。

ゑいは浮かせた腰をふたたび岩の上に下ろす。そして五日前のことを思いだした。

そぼ降る雨の中、狸親父がゐいの家を訪れた。滅多にないことだ。これまでは村長選挙のときに、清き一票をと頭を下げにくるだけである。それもほんのひと月前に終えたばかりだった。

ゐいは居間にいた。蔵から運んできた久作さんの形見の手入れをしていた。できればだれにも邪魔をされたくないひとときだったがやむを得ない。

ひとまず台所に通した。狸親父ひとりではなかった。村役場の職員をひとり従えていた。総務課の犬塚《いぬづか》である。五十代なかばと思しき彼をゐいが知っているのは、彼の紹介でマリアを雇ったからだった。影が薄ければ、幸も薄そうで、おまけに頭も薄い独身男性だ。

狸親父の話はテレビにでてほしいとのことだった。

「地元のテレビでねぇ。東京のテレビだ」

地元でも東京でも、ゐいにとってはどうでもいいことである。テレビなど見ない。そもそも家になかった。妙子が東京の女子大に合格し、むこうで一人暮らしをはじめる際、持っていってしまったのである。だがゐいも久作さんも幾日か気づかなかった。かれこれ四十年近く昔のことだ。

「それでなんと、あの人気女子アナの、えぇと、なんて言ったっけかな。朝のニュースにでている」

　犬塚が女性とわかる名を口にした。

「そうじゃねぇよ。そりゃＮＨＫのだろ。民放のだよ。厨房《ちゅうぼう》の厨っていう字が入った名前の」

「ミクリヤサキですか」犬塚がべつの名を言った。

「それだ」

　ミクリヤは御厨か。サキまではさすがにわからない。女子アナが女子アナウンサーだということはゑいも知っている。ラジオは聞いているからだ。

「その人気女子アナがわざわざきて、日本全国生中継するんだとよ。子どもや孫に達者な姿を見せるいいチャンスでねぇか。なぁ？」

　最後の「なぁ？」は犬塚にむけてだ。彼はコクコクと頷いた。

「村人の働く姿を紹介したいとテレビのひとが言うんだ。それも高齢であればあるほどイイってね。そこでまあ、村いちばんの年寄りであるゑいさんに、ぜひでていただかねばと思ってな。引き受けてくれんか？　ひとりではねぇ。私もでる。いっしょにこの村に元気を取り戻そうや。なぁ」

テレビにでることがどうして、この村に元気を取り戻すことになるのか、ゑいにはわからなかった。狸親父自身、わかっていないだろう。彼は先月の村長選挙で、五期目の当選である。毎回、選挙ポスターには、『村に元気を取り戻そう』という謳《うた》い文句が印刷されていた。にもかかわらず、これまでの十六年間、元気は取り戻せなかった。それどころか村は衰えていくばかりだ。

「ゑいさんはこういうの慣れてて、お手の物やろ」

この十年くらいだろうか。ゑいはテレビには何度かでており、ラジオや新聞の取材を受けたこともあった。いずれも狸親父が持ってきた話である。こんなオバアサンが山間の棚田で野良仕事をしているのが、トカイモンにはよほど不思議らしい。

「お仕事、大変ではありませんか」「毎日、なにをなさっているんです?」「どこかよそへいきたいと思うことは?」「ひとりで寂しくありません?」「長生きの秘訣《ひけつ》はなんでしょう」

いずれも似たり寄ったりのことばかり訊かれ、いい加減うんざりだ。余計なお世話である。なによりも仕事の邪魔をされるのが腹立たしい。今度もおなじ手合いにちがいなかった。

ゑいは渋った。そして自分よりも年上のひとの名を幾人か挙げた。だれもが亡くなっていた。中には十年以上も昔に亡くなったひとまでいた。

「頼む。このとおりだ。お願いします」

狸親父は手をあわせて、ゑいを拝んだ。選挙のときも、私に清き一票をとおなじことをする。つぎに額をテーブルにつけるほど頭を下げた。

「なにボンヤリしている。おまえもいっしょに頭下げんか」

狸親父にどやされ、犬塚も頭を下げた。そのてっぺんが見える。髪は申し訳程度しかない。なんとも侘《わび》しく、憐《あわ》れみを誘った。だからというわけではないが、ゑいはテレビにでることにした。

「おっと、いけない」玄関口で長靴を履き、雨合羽《あまがっぱ》を身にまとってから、狸親父が声を張り上げた。「危うく忘れるところだった。もうひとつ、用があったんだ。ゑいさん、先週、熊に会うたって、ありゃほんとうかい」

「ああ」そんなことで嘘《うそ》はつかん。「山菜を採りに橅林まで登っていったときだぁ。会うたって言っても、二、三十メートルは離れておったけど」

熊はこちらにお尻をむけていた。ゑいは息をひそめ、気づかれないよう山を下りていき、村役場に連絡をした。

「橅林のどのへんだ。上のほうか」

「いや、そう高いところではねぇ」

ゑいはこれまでも熊には何度も出くわしている。だが年を追う毎《ごと》に、だんだんと標高が低いところになっていた。ここ数年、県内では熊による人身被害が多発しており、隣の集落では民家があるところまで下りてきただけではなく、田畑を荒らしているという。

「山間部一帯を猟友会の方々に巡回してもらっておるが、限度がある。ぜんぶを網羅できるはずもない。それでだ。えぇと。おい、犬塚。あれ、役場から持ってきただろ」

「あ、あれと申しますと」

「プシューってやるヤツ」

狸親父は身振りをしながら言う。

「熊よけスプレーですか」

「そう、それそれ」狸親父は犬塚からゑいに視線をうつした。「けっこう効き目があるそうだ。邪魔になって荷物になるかもしれんが、備えあれば憂いなし。外出する際にはこれを持っておいてください。ほら、犬塚。早くゑいさんに渡して」

「車の中ですが」

「だったらさっさと取ってこい。なんでさっき、車をでるときに持ってこなかった？　気が利かねぇ野郎だな。そんなんだから結婚できねぇんだぞ」

　雨の中、犬塚はでていくと、狸親父は「ほんと近頃の若いもんは」とひとりごちた。高齢化が進むこの村では、五十代なかばの犬塚も若いもんだ。赤子同然かもしれない。六十代で洟垂《はなた》れ、七十代でようやく成人、八十代は働き盛りといったところか。

「居酒屋で働いとる外国人の、名前なんだったかな」

　狸親父はいきなり話題を変えた。

「マリアですか」

「その子、ゑいさんのところへ手伝いにくるって話だけど」

「犬塚さんの紹介で。ほんとによぉ働いて助かっておるわ」

なにかマリアに問題があるのやろか。

　ゑいは不安になった。折角の人手を失いたくない。だがそれよりもキティが心配だったのだ。狸親父は玄関の引き戸をほんの僅かに開けて外を窺う。それを閉じてからゑいに近づき、唇をほとんど開かずに声をひそめてこう言った。

「ゑいさん、その子からなんも聞いとらんか。犬塚のこと」

「べつになんも」

「犬塚のヤツ、彼女に気があるらしいんだ。ひとの恋路をあれこれ言うつもりはないが、ちょっと行き過ぎのところもあってね」

「行き過ぎっつうのは」

ゑいも狸親父同様、声をひそめてしまう。

「先週末、彼女の家に押しかけたんだ。それも夜中の二時にね。危うく警察沙汰になりかけた。娘が一一〇番に電話したそうだ」

初耳だった。キティからも聞いていなかった。もしかしたら母親に口止めされているのかもしれない。

「私が警察にうまいこと、口をきいて事なきを得たんだがね。犬塚本人にはつぎはもう助けれんと言うてある。まったく困ったもんだよ。なにせあの歳まで独身だろ。女の口説き方どころか、接し方も知らんらしい。昔なら一途《いちず》な思いと言うだろうが、昨今は」狸親父が首を捻《ひね》った。「ほら、英語であるやろ。惚《ほ》れた相手につきまとう、そういうのを、なんと言うたかな」

するとそこで玄関の引き戸が開いた。

「おう、ご苦労様」狸親父は顔色ひとつ変えず、犬塚が持ってきたスプレーを預かると、ゑいに渡した。「では諸々よろしく頼みますわ」

「ではオバアサン、そこからこっちぃむかって、歩いてきてください」

二十メートルほど先で狐男が叫ぶ。よもや自分も猿芝居の演者のひとりになるとは。ゑいは激しく後悔した。やはりテレビなど断ればよかったと思うがもう遅い。遅過ぎる。ゑいは背負い籠を担ぎ、右手に杖代わりに使う鍬を握っていた。

「聞こえてんのかなぁ」

狐男がため息まじりに言う。

聞こえておるがな。

「オバアサン。あ、る、い、て、き、て」

キィキィうるさい。狐男を黙らせるためにも、ゑいは歩きだした。しかしこれまで何度かテレビにでてきたが、こんなことをやらされたのははじめてだ。東京のテレビはこうなのだろうか。

「いいよ、オバアサン。自然体でじつにいい。はい、そこでサキちゃんが声をかけて走り寄る」

「お話、伺ってもよろしいですかぁ」

マイクを片手にフランス人形さんが走ってきた。この子が女子アナの御厨サキなのかとゑいは今更ながら気づいた。

「サキちゃん、向こう側にいってくんない？　きみ、でかいんだからさ。オバアサンが隠れて見えなくなっちゃうでしょ」

「はぁぁい」と元気よく答えながら、フランス人形さんの頰がひきつるのを、ゑいは見逃さなかった。

「すいませぇん、これからどちらにいかれるんですかぁ？」

狐男の指示どおり、反対側に移動したフランス人形さんは、ゑいにマイクをむけてくる。もう頰はひきつっていない。満面の笑みだった。

「田んぼぉいくとこだ」

「なにしにですぅ？」

「なにしにって、働きにいくにきまっとろぉが」

「働きに？　わぁ、凄《すご》い。ご一緒にしてもよろしいですか」

「そりゃ、いいが」

「失礼ですけど、おいくつですか」

ほんとに失礼と思うなら訊《き》かねばいいのに。

「八十六」

「嘘。ほんとですか。信じられません」

あたしも信じられんよ。

こんな歳まで生きるとは夢にも思っていなかった。そしてまた、こんな歳まで働くとも思っていなかった。からだはところどころガタがきているし、ボケてきてもいる。しかしこの歳まで大病や長患いをしたことがない。

「オバアサンはずっとこちらにお住まいなんですか」

「十七で嫁にきた」

横並びに歩きながら、畦道を左に折れ、坂をのぼりだす。狐男をはじめ、みんながぞろぞろと付いてきていた。まさにチンドン屋そのものだ。

まるで悪い夢ん中におるようだわ。

さきほど岩の上でうつらうつらしていたときに見た、久作さんの夢のほうが現実に思えてならない。しっとりと汗で濡れた久作さんのからだを思いだすことも容易だ。

「十七?　いまだったら高校生じゃありませんか。旦那さんはいくつだったんです?」

「あたしより十一上だった」

「どうやって出逢《であ》ったんです?」

「親が決めた」

正しくは源叔父さんが持ち込んできた縁談に、両親が乗っかったのである。

「ではお見合いということですか」

「そんなもんだ」

見合いなどしていない。はじめて会ったのは結納の席だった。

「毎日、この坂を歩いて、上り下りしていらっしゃるんですか」

「そうしないと田んぼにいけねぇからな」

「凄いですねぇ」

坂の勾配ははじめのうちこそ緩《ゆる》やかだが、いまはけっこう急だった。トカイモンにはきついだろう。この坂のせいで、相撲取りのような大学生は、病院へ運ばれたのだ。いままわりを取り囲んでいるチンドン屋達もだいぶへバっていた。しかしフランス人形さんはまるきり平気のようだ。額には玉のような汗を滲《にじ》ませてはいるが、けろりとしている。

「しかもこんな大きな荷物を背負ってですもんね。籠の中にはなにが入っているんですか」

「野良仕事につかう道具だ。それに弁当も入っとる」

「長細い茶色いケースはなんですか。ずいぶん年季が入っているものですけど」

「鉈《なた》だ。危ねぇからそん中入れておる」

「ナタって、刃物の？」

「ああ、そうだ」

ゑいは嘘をついた。こんなものに鉈を入れたりしないが、トカイモンは気づくまい。ケースの中身は猟銃だ。久作さんの形見である。

撫林で熊を見かけた日に、今後、野良仕事へでかける際は用心のために持ち歩こうと、蔵から運びだしておいた。そして五日前の雨の日、居間で手入れをした。狸親父と犬塚が訪れたときは、分解した部品を、畳に広げた新聞紙に並べているところだった。ふたりが帰ってから、ゑいはふたたび作業にかかった。部品にオイルを注ぎ、綿棒やワイヤーブラシで汚れを取った。手慣れたものだった。これまでも年に一度、久作さんの命日が近づくと、供養のつもりで念入りに手入れをしてきたからだ。

久作さんは農業の傍ら、猟をすることがあった。獲物は猪《いのしし》か熊で、トカイの料亭へ売りにいっていた。戦地で銃の腕を磨いたのだと村人は噂《うわさ》していたが、事実はさだかではない。久作さんは戦時中の話を口にしたがらなかった。ゑいも遂《つい》に訊かずじまいだった。

猟に連れていってもらったことはあった。あれはまだ嫁いだばかりの頃で、長男の好継も生まれていなかった。はじめ久作さんは渋った。足手まといになるとはっきり断られた。それでも無理矢理頼みこんだ。追いかけてでも付いていくと言うと、久作さんは好きにしろと答え、八重歯を見せて笑った。

「あ、あの、オ、オバアサン」

背後から狐男の声が聞こえてきた。ふりむけば十メートルも離れたところで、四つん這《ば》いになっていた。いよいよ狐に戻るのかと思ったが、どうやらくたびれて、足腰が立たなくなっているようだ。

だらしがねぇこったよ。

「た、田んぼは、まだ先、ですかぁ？」

狐男が泣きそうな声で訊ねてくる。

「あそこだ」

ゑいは足をとめ、自分の田んぼを指差した。

「あ、あそこって、どこです？」

「柿の木があるやろ」

「どの木が柿なのか」

「ミョウガの畑の先にあるやろ」

「どれがミョウガでしょうか」

はて、どうしたものか。

「リハは、こ、ここまでに、しよ」狐男は許しを乞うように言った。「本番まで、体力、取っておかないとね。も、もとの場所へ、も、戻ろう」

「このままゑいさんの田んぼまでいって、そこから生中継したらどうですか？」

フランス人形さんが提案する。

「た、たしかに」狐男はコクコク頷いた。「サ、サキちゃんの、言う通りだ。この坂を、もう一度、のぼるなんて、勘弁だ」

「村長さん、どうしましょう？」チンドン屋の中から声があがる。男だか女だかわらない若者だ。声を聞いてもさだかではなかった。「もといた場所でお待ちになっているんですが」

下に目をむければ、狸親父は畦道の脇にある岩にしゃがんでいた。マリアとキティの姿もあった。ゑいが自分達を見ているのに、キティが気づいた。飛び跳ねながら、両手を振りだす。ゑいも振り返した。

「俺、村長さんの、ケータイの、番号、知ってるから。電話してきてもらう」四つん這いだった狐男はどうにか二本足で立ちあがると、携帯電話をとりだした。ところがである。「マジかよ。圏外だ」

携帯電話を持っていないゑいでも、圏外だと電話をかけることができないくらいは知っている。

「これじゃあ、連絡、とれねぇ。だれか、下りて、呼んできて、くれ」

どうもトカイモンのすることはいちいちまだるっこしい。これだから土の匂いのしない人間は嫌だ。機械に頼っているうちに莫迦になったのだろう。

「村長ぉぉおおおぉお」ゑいは声を張りあげた。フランス人形さんが目を見開く。チンドン屋達も一斉にゑいを見た。狐男など驚きのあまり、携帯電話を手から落としていた。「こっちぃ、のぼってきんしゃぁぁあい」

キティの頰が赤い。目がとろんとして惚《ほう》けた顔で、フランス人形さんを見上げ、「クールだ。超クール」とうわ言のように呟《つぶや》いている。

「お名前はなんていうの？」

フランス人形さんが訊ねた。いましがたキティから預かった色紙とマジックを手にしている。

「え？　あ、はい」キティは目をぱちくりさせた。「な、なんでしょう？」

「お嬢さんの名前を教えてくださらないかしら」

　フランス人形さんはその場にしゃがみ、キティの視線にあわせた。

「キ、キティです。あたし、キティちゃんが好きなんで、みんなにはそう呼んでもらっています」

　いつもの活発さを無理矢理押さえ込み、礼儀正しく振る舞おうとしているのがわかる。

「色紙に書くのもその名前でいいの？　ほんとの名前じゃなくて？」

「ほんとの名前、きらいなんです。かっこわるいから」

「わかったわ」

　フランス人形さんはペンの蓋を取り、色紙の右横に『キティさんへ』と縦書きで書いた。きれいな字だった。その下に日付を記してから、自らのサインを書いていく。ゑいにはなんと書いてあるか、さっぱりわからない。

「これでいいかしら」

「ばっちりです。ありがとうございます」受け取った色紙を抱きかかえ、ペンをポケットにしまうと、キティはぺこりとお辞儀をした。「これからもがんばってください。

オーエンしてます」

「ありがと」

微笑むフランス人形さんに頭を撫《な》でられ、キティは恥ずかしそうに笑い返した。そして柿の木にむかって畦道を走っていく。その下に母親のマリアがいるのだ。

「彼女、この村の子なんですか」

「ああ、そうだ」ゑいは頷く。キティはマリアに色紙を見せている。うれしくてたまらないらしく、ぴょんぴょん飛び跳ねていた。

「それで、あの方が彼女のお母さん？」

「十年以上昔に赤道に近い南の島から、日本にきなすったんだ」

「凄いですね」フランス人形さんがぼそりと言う。思わず口からこぼれでた言葉のようだった。「知っているひとがいない土地で暮らすなんて、私にはとてもそんな勇気ないな。国内でもキツイもの」

ちがう。勇気の問題ではない。そうしなければマリアは生きていけなかったのだ。母国に住むマリアの家族もそうだ。いまだに彼女は親兄弟に送金をしている。だがそのことをフランス人形さんに話す気は起こらなかった。

「あと十五分で中継入りますんで、よろしくお願いしますねぇ」狐男が近づいてきた。

「オバアサンは坂の下からのぼってきてもらうことになりました。それを見つけたサキちゃんが声をかけて、田んぼのまわりを歩きながら話をきくってことで」

「坂の下ってどのへんかね」

「エーディーがあとで案内します」ゑいの質問に、狐男は面倒くさそうに答える。

「歩きだすのも、そいつの指示に従ってください」

エーデーが何者か、ゑいにはわからない。しかしこれ以上、狐男と話したくはなかった。顔も見たくない。

「わかったんやさ」

そう答えてから、ゑいはそっぽをむいた。棚田を見下ろし、さらに下、自分の家の付近が視界に入る。マリアの軽トラックだけではなく、もう一台、庭に入る手前に車が停まっていた。ワゴン車だ。

「いいですねぇ、その訛り方。ぶっきらぼうなところがなお結構。こんな秘境みたいな田舎に取材きても、ウケ狙って、張り切って余計なことしちゃうひとがいるんですよねぇ。本番もぜひそのキャラでお願いします」

「はあ」ゑいは上の空だ。

あのワゴン車は村役場のやったな。だれが乗ってきたんやろ。

先日、狸親父とふたりでゑいの家に訪れた男が脳裏に浮かぶ。影が薄く幸が薄そうで、髪が薄い男。

犬塚のヤツ、彼女に気があるらしいんだ。ひとの恋路をあれこれ言うつもりはないが、ちょっと行き過ぎのところもあってね。

狸親父から聞いた話もゑいは思いだした。

ほら、英語であるやろ。惚れた相手につきまとう、そういうのを、なんと言うたかな。

ストーカーだ。ゑいがこの言葉を知ったのは、好継の娘が、その被害にあったのを聞いていたからだ。いちばん上の孫だ。その頃は高校生だったが、いまは大学をでて、会社勤めをしているはずだ。

さきほどマリアとキティが手を繋いで歩いていた畦道に目をむける。人影があった。しかし高いところにいるため、姿かたちははっきりしなかった。すぐさま樵の木に隠れてしまったせいで、性別どころか大人か子どももわからない。ただ、ひとりではなかったように思う。

ふたりいたような。

「オバアサン。き、こ、え、て、ま、す、か」

狐男だ。まだおったのか。

「はいはい」

「柿の木の下にいる浅黒い女性って、オバアサンの知りあい？」

狐男が言うとおり、マリアは浅黒い。しかし言い方に刺《とげ》があった。

「あたしの仕事ぉ、手伝ってくれてる村のもんだ」

「外国人妻ってヤツか」狐男は吐き捨てるように言う。その言葉にはあきらかに侮蔑《ぶべつ》が含まれていた。「彼女達、どっかいってもらえませんかねぇ。この番組、タイトルどおり、クールジャパンがテーマなんでね。日本の原風景というべき美しい棚田に、浅黒い外国人がうろついていたら、まずいですからね」

ゑいは狐男の言い草に呆《あき》れてなにも言えなかった。自分勝手だの図々《ずうずう》しいだのどころではない。ひととして品性を疑う。

「そんなのひどくありませんか？」

フランス人形さんだ。彼女にぴしゃりと言われ、狐男は身を縮ませている。小さなからだがさらに小さくなった。

「ひどいってなにが？」

「彼女はオバアサンの手伝いをして、『日本の原風景というべき美しい棚田』を、守ってくれているんですよ。そんなひとを邪魔者扱いするなんて、どういうつもりですか」

「邪魔者扱いなんてとんでもない。ただ絵面としておかしいってだけの話。いやだなぁ、サキちゃん。そんなことでヒス起こさないでよ」

狐男が仕返しをするように言う。

「私、ヒスなんか起こしてません」

不意を突かれたフランス人形さんは、声を少し荒らげた。

「わかった、わかった。そりゃサキちゃんも神経質になるのはわかるよ。メインキャスターの機嫌損ねて、スタジオ追いだされてさ。レポーターとしての一発目が、こんなドがつく田舎だもんね。そりゃイラつくのも当然だわ」

「だから私は」

「いいって、いいって。でもね。あくまでもぼくはきみの味方だよ。だからたかが十分にも満たない生中継のために、リハまでやったんだからさ」狐男の口ぶりときたら、それはもう恩着せがましいこと、この上なかった。「ついでだから言わせてもらうけどさ。リハ見た感想ね。サキちゃん、なんかこう、取り澄ました感じで、高飛車なんだよね。スタジオで政治家とか実業家とかおエライさんにインタビューするときだったら、それでいいけどさ。相手は農家のオバアサンなわけじゃない？　そういう態度だと視聴者の反感買うよ」

「私、そんな態度、とっていません」

「だけど実際、そう見えちゃうんだからしようがないじゃん」

「だったら、どうすればいいんです？」

「どうしたらいいかは自分で考えて。いまさらなおせないだろうけどさ。今回はそつなくやればいいさ。なにせ生中継だからね。もしこれでしくじったら、サキちゃん、いよいよこの番組、下ろされちゃうよ。せいぜいがんばって」

ひどい。事情をよく知らないゑいですら、不愉快極まりなかった。言われた当人ならなおさらだろう。しかしフランス人形さんは言い返したりせず、下唇を嚙《か》み締めているだけだった。

「中継まで十分切りましたぁ」

チンドン屋のひとりが声を張り上げている。狐男が逃げるように去っていった。

「チッ」舌打ちが聞こえた。フランス人形さんだ。「あの野郎。ふざけやがって」

狐男を睨《にら》みつけていたが、すぐさまゑいの視線に気づき、「やだっ」と右手で口を塞いだ。「いまの聞こえちゃいました？」

「はぁ?」ゑいは惚《とぼ》けてみせた。「なにがかのぉ」こういうとき年寄りは便利だ。

「嘘」フランス人形さんは口から右手を外す。「聞こえていましたよね」

ばれたか。今度はゑいが右手で口を塞いだ。お互い声をださずに笑った。

「私、取り澄まして高飛車でしたか?」

「そうでもねぇ」トカイモンはたいがいそうだ。ゑいはさして気にならなかった。

フランス人形さんから返事がない。俯《うつむ》いたその顔を覗《のぞ》き込むと、もう笑っていなかった。険しく、それでいて哀《かな》しげにしている。

雪子や妙子もおんなじ顔、することあったな。

娘達だけではない。好継も幸雄もだ。たいがい救いを求めているときだった。お腹《なか》が痛ければ擦《さす》ってやった。悪い夢を見たあとならば寝かしつけてあげた。久作さんに叱られたならばいっしょに詫《わ》びたものである。

幼い頃ならそれですむ。しかし中学や高校、トカイの大学へ進み、就職をしてからのち、成人して帰省したときにも、ゑいの前で四人の子ども達はその表情をすることが時折あった。だけど世間知らずの母親は、子ども達になにもしてやれなかった。おまえはまちがっておらんよ。そう思いながら子ども達の手を握ってやることしかできなかった。それが精一杯だった。はたして効き目があったかどうかはわからない。でもしないではいられなかった。

いまもそうだ。ゑいはフランス人形さんの右手を握りしめた。彼女は大きな眼をより大きくしながら、ゑいにむけると、口元をわずかに綻ばせた。


「そ、村長である私としましては、この村に元気を取り戻そうと地区の活性化および、棚田保全を模索しておる次第でございます」

フランス人形さんにマイクをむけられ、狸親父は必死にしゃべりつづけていた。すでに生中継ははじまっている。ゑいは坂を少し下ったところで、籠を担いで出番を待っていた。男だか女だかわからない若者がエーデーだった。彼だか彼女だかはゑいの隣にいて、右耳にイヤホンのようなものを当てている。そこから指示が聞こえてくるのだと、訊ねてもいないのに、さきほど教えてくれた。マリアとキティはチンドン屋達のうしろで見学している。生中継がはじまる前に、柿の木からそこへ移動するように言われたのだ。なるほど、そこならばテレビに映ることはない。

「オバアサン」エーデーがぽんと肩を叩いた。「いってください」

はいはい。

この猿芝居もじきに幕をおろす。もう少しの辛抱だと自分に言い聞かせ、ゑいは坂をのぼりだした。

「あちらのオバアサン、地元の方でしょうかねぇ」

フランス人形さんが白々しい台詞を口にしながら、近づいてきた。カメラを背負った男を先頭に、チンドン屋も寄ってくる。

「オバアサン、お話、伺っても」フランス人形さんが言いかけたときだ。

「マリアさぁん、逃げてぇえ」

男の叫ぶ声が聞こえた。坂の下からだ。何事かと見下ろすと叫んでいたのは犬塚だった。ゑいはぎょっとした。髪の薄い頭が血まみれだったのだ。しかも横倒れになっている。視界に入ったのは彼ばかりでない。坊主頭の男が駆けのぼってきていた。だれだろう。その男にゑいは見覚えがなかった。すると右手に光るものを握りしめているのが見えた。

あれは。

「どけっ」

坊主頭に突き飛ばされていた。悲鳴をあげる間もなく、畦道の真ん中で腰から倒れてしまう。

「なんだ、きみは」「よせ」「なにするんだっ」「いま生中継の」「危ないっ」「気をつけろ」「刃物、持ってるぞ」「助けて」「殺される」「一一〇番っ」「駄目だっ、圏外」

チンドン屋達が散り散りになって逃げていく。田んぼに落ちてしまうひともいれば、その場にしゃがんで頭を抱えているひともいた。

マリアとキティはどこにおる？

ゑいはからだを起こし、あたりを見まわす。いた。ゑいの田んぼを挟んでむこう側の畦道を、マリアがキティの手を引き走っている。大変だ。ふたりのあとを坊主頭の男が追っているではないか。しかも男の右手には刃渡りが三十センチはあろうかという包丁が握られていた。

「これ、お借りします」

フランス人形さんだ。なにを借りるのかと思いきや、彼女は白い腕を伸ばし、道端に転がっていた熊よけスプレーを摑みとった。転んだときに籠から零《こぼ》れ落ちたのだろう。

「オバアサン、この田んぼ、どっちから回ったほうがむこうに早く着く？」フランス人形さんはパンプスを脱ぎ捨てながら訊ねてくる。「右？　左？」

「右っ」その気迫にゑいは思わず答えてしまう。

「オッケー」

裸足《はだし》になったフランス人形さんは、スプレー片手に猛然と畦道を駆けていく。なびくワンピースの裾から長くて白い脚が見える。

オッケーだなんて。包丁男に熊よけスプレーを浴びせる気か。まちがいなくそうだ。とても勝算があるとは思えない。彼女にあるのは正義感だけではないか。だとしたら。

こうしてはいらんね。手助けしねえと。

ゑいは長細い革製のケースを引き抜いた。それを小脇に抱え、畦道を小走りでいく。マリアとキティを坊主頭がさらに追いあげ、距離を縮めていた。フランス人形さんは畦道を右に折れて三人とおなじ道に入る。彼女は坊主頭の後方三十メートルといったところだ。

あたしはあの坊主頭を撃つ気なのやろか。

弾は込めてある。いざとなればそれも辞さないつもりだ。しかし久作さんに撃ち方を教わったというものの、七十年近くも昔で、その後兎《うさぎ》一匹、仕留めたことはない。やはり無理だ。せいぜい脅す程度か。それでもないよりはいい。

「きゃっ」悲鳴があがった。マリアだ。なにかに蹴つまずいたらしい。前のめりに倒れている。

「ママッ」キティがマリアにすがりついた。まずい。坊主頭はもう間近だ。フランス人形さんがさらに足を早める。ゑいは早足のまま、ケースのジッパーを開き、右手を中に入れ、銃床を握りしめた。マリアが上半身を起こし、キティになにか言っている。

「嫌だ、嫌だよ、ママッ」

気持ちはわかる。でもキティ、いまは逃げねえと。

だが遅かった。坊主頭はすでに母子ふたりの目の前だ。マリアの髪を乱暴に摑み、自分の身に引き寄せている。

「おまえ殺して、娘殺して、俺も死ぬからな。な？　いいよな。これで俺達、幸せになれるぞ」

膝立ちになったマリアの喉元に、坊主頭は包丁の先をあてた。彼の声は明るく無邪気だった。それが却《かえ》っておぞましく、ゑいは身の毛がよだった。フランス人形さんはもう走っていなかった。一歩一歩慎重に近づいている。ゑいも歩く速度を緩めた。ケースから猟銃をだすかだすまいか迷う。坊主頭を悪戯《いたずら》に刺激することになるやもしれぬ。

「あたしはお供します。だけど娘は見逃してください」

マリアが涙声で訴えている。ゑいはようやく畦道を右に折れた。

「そうはいかないよ。だって俺達三人、家族だろ。家族はいっしょでなくちゃ」

坊主頭が唄うように言う。あの男がマリアの亭主で、キティの父親だというのか。

「ざけんなっ」罵声をあげ、キティが坊主頭に飛びかかる。そして包丁を持つ右腕に噛みついた。

なんて無茶な真似を。

ゑいは足を早める。しかし気ばかり急《せ》いて、思うように足が前にでない。それでもどうにかケースから猟銃を取りだす。フランス人形さんも駆けだしていた。

坊主頭はマリアの髪から左手を放し、うしろに仰向けで倒れ、その上にキティが乗っかっている。彼女はまだ右腕に噛みついたままだ。包丁は地面に落ちている。それを拾おうと四つん這いになったマリアが手を伸ばしていた。あと少し。包丁の柄に指がかかっている。

ところがつぎの瞬間、キティが宙を舞った。坊主頭が彼女の腹を蹴りあげたのだ。そのからだは鈍い音を立てて田んぼに落ちていく。あまりのことにゑいは立ち止まってしまう。

「キティッ」

マリアが叫んだ隙に、坊主頭はむくりと起きあがり、すかさず包丁を拾いあげた。

キティは気を失ったのか、田んぼの中でぴくりとも動かない。

「男親がいないと駄目だね。全然、しつけがなってないよ、マリア。きみの国は、親を敬う気持ちを教わらないのかな」

坊主頭の言葉をマリアは聞いていなかった。四つん這いで這いながら、田んぼに落ちた娘にむかっている。坊主頭は彼女に近づくと、ふたたび髪を掴もうとした。

「やめなさいっ」フランス人形さんだ。熊よけスプレーを坊主頭の顔にむけている。その距離は一メートルなかった。これで決着がつく。正義が勝つ。「あれ？　でない」

なにしとるっ。番組で紹介して、使い方も教わったって言っておったろ。

坊主頭は包丁を握った拳で、フランス人形さんの顔面に一発見舞った。少しも躊躇《ためら》いはなく動きに無駄がない。女相手だからといって加減もなかった。血飛沫《ちしぶき》を飛び散らせながら、フランス人形さんはその場に崩れるように倒れる。

「なんだ、バアサン」坊主頭が呼びかけてきた。ゑいから十メートルも離れていない。

「そんな物騒なもん持って。俺を撃とうって言うのか」

ゑいは返事の代わりに猟銃を水平に構え、人差し指を引き金に入れた。もちろん銃口は坊主頭にむけられている。

肩に力を入れるな。

久作さんの声がはっきりと聞こえてきた。そればかりではない。ゑいを包むようにして、背中にぴたりと張りついている。頬がつきそうなくらい、そばに久作さんの顔があることまでわかった。横目で盗み見る。

よそ見をしてはならん。

叱られた。さきほど夢で見たときは怒っていなかった。だがいまはちがう。

「よしとけって」坊主頭がせせら笑う。「俺にはそんな脅し、通用しねぇからな」

「脅しなもんか。弾は入っとる」

坊主頭の顔から笑みが消える。

大きく息を吸うんだ。そして吐きだせ。

ゑいは言われたとおりにした。肩の力は抜けた。しかし鼓動は高まるばかりだ。からだぜんたいが火照っている。恥ずかしくてたまらない。

こんなときに恥ずかしがるやつがいるか。

そうだった。

「そっちがその気なら、こっちも本気でいくぜ。いいのか、バアサン」

「あたしも本気だ。おとなしくこの場を去れ。マリアとキティの前に二度と姿を見せないと誓えば許してやってもいい」

「莫迦言え。俺らは家族なんだ」

「家族だからって、いっしょにおることが幸せだとは限らねぇ」

坊主頭は虚を衝《つ》かれた顔になった。さきほどまでの狂気は鳴りをひそめている。だからといって油断はできない。

「キティ、キティ」マリアの啜《すす》り泣く声がした。「起きて、キティ。ねぇ、キティ」

ゑいは田んぼに目をむける。泥だらけのキティをマリアが抱きかかえていた。

しまった、よそ見を。

そう思ったときには遅かった。坊主頭が腰を屈《かが》めて直進してくる。

久作さんっ、助けて。

銃口を下げ、そして引き金を引いた。銃声が棚田に響き渡る。ゑいは反動で畦道にお尻から倒れ、仰向けになった。

「ぐぉおおあおぁ」坊主頭が脚を抱えて転げ回っているのが見えた。「マジかよ、マジで痛ぇよぉ、しゃれんならねえよぉ」

「ゑいさぁあぁん」

狸親父が呼んでいる。声のするほうに顔をむけようとしたが、からだじゅうが痺《しび》れて動かない。見えるのは青空だけだ。

細いからだだな。もっと太らんと駄目だ。これでは赤子が生めんぞ。

久作さんが囁《ささや》くのが聞こえてきた。

なに言うとるの。子どもは四人生んださ。それにからだが細くなってしもうたのよ。手も腕も脚も胸も顔も、すっかり枯れて朽ちてしもうた。今年で八十六歳だもの、仕方がないやろ。

久作さんが八重歯を見せておかしそうに笑った。訝《いぶか》しく思いつつ、ゑいは猟銃から離した両手を見る。野良仕事で土が沁《し》み込んでいるのではないかというほど黒い。しかし皺はひとつもなかった。ゑいはいま、十七歳だった。しっとりと汗で濡れた久作さんのからだに、身を委ねている。

もうしばらくこうしていたい。

そう思いながら、ゑいは瞼を閉じた。


「坊主頭の男っつうのが、ひどい暴力亭主でな。ボクサーくずれのチンピラで前科もあってよ。マリアは堪えられなくなって、五年も前に娘さんを連れて逃げだした。ところがあの坊主頭、執拗《しつよう》に追いかけてきて、マリアと娘さんは日本各地を転々としていたそうだ」

そこで狸親父は大きくため息をつく。この三日のあいだ、警察やマスコミを相手に奔走していたせいか、顔に疲れがでていた。

無理して見舞いにこんでもよかったのに。

ゑいはベッドに横たわっていた。村から遠く離れた県庁所在地にある総合病院の病室だ。猟銃を放った反動で、お尻から倒れた際、尾てい骨にヒビが入った。医者にはよくこれだけで済んだものですよ、と妙に感心されてしまった。

「で、まあ、去年の秋、我が村に辿り着き、人里離れたこんな片田舎ならば追いかけてくるまいと思っていたのが甘かった。男は半年足らずであの母子の住む家を探り当て、夜中に乗り込んできた。マリアは日頃、世話になっとる犬塚に携帯電話のメールで助けを求め、それに気づかなかった娘が家の電話で一一〇番通報した。警察がくるとわかった男は逃げ去ったものの、間抜けなのは犬塚だ。押っ取り刀で駆けつけたはいいが、鉢合わせになった警察に誤解され、しょっぴかれて留置所に放り込まれてしまった」

「坊主頭のことは警察に言わんかったのか」

「言っても信用されなかったんだと。私も信用しなかったからな」

「その一件があったのは前の前の週末やろ」今日から十日前になる。「男に住むところがばれたのに、なんでマリアはすぐ逃げんかった？」

「いくつか理由がある。ひとつは警察がマリアの家や働いている居酒屋を見回っていた。これはまあ、犬塚を近づかせないためだがね。おかげで暴力亭主もこれんかった。それとマリア自身、この村を離れたくなかった。彼女の国にも、我が村とおなじような棚田が広がっているそうだ。ゑいさんのところへ手伝いにいくと、故郷に帰った気持ちになるんだとさ。娘さんもこの村はもちろん、なによりもゑいさんのことが気に入って、どこへもいきたくないと言ったそうだ」

「あたしを？」

「ああ、そうだ。昨日、娘さん本人がそう言っておった。ゑいさんはクールでかっこいいとよ」

狸親父は喉の奥で笑った。ゑいもつられて笑ってしまう。キティは無事だった。坊主頭に蹴飛ばされ、田んぼに落ちたものの大きな怪我もなかった。

「そしてあともうひとつ。さっきも言ったようにマリアと犬塚は直接には会えんかったが、その後もメールや電話でやりとりしておってな」

私が旦那さんと話をつけてきます。

犬塚はマリアにそう言った。

「犬塚は、ええと、また、忘れた。ひとを追い回す」

「ストーカー」

「そうそう。ストーカーではなかったけども、マリアには惚れておったわけだよ。彼女を救ってやろうと思ったんだな。マリアに亭主を村役場の裏手にある公民館に呼びださせ、ふたりで会った。亭主はてっきりマリアに会えると思ったら、冴えないオッサンがいただけだった」

「話をつけるって、犬塚さんにはなんか策があったのだろうか」

「あいつはこれだけ準備した」

狸親父が右手の指を三本立てる。ゑいはなんのことかわからず、首を傾《かし》げた。

「三百万円、鞄《かばん》に入れて、持っていったんだ」

「さ、三百万？」

「あの歳まで独身でおれば、村役場の安月給でもそれだけ貯められるんだな」

狸親父はふたたび笑う。でもゑいは笑えなかった。

「これで二度とマリアと娘のところにこないでくれ。そう言って犬塚は男に鞄を渡した。こいつが火に油を注ぐような結果になっちまった。亭主は怒り狂い、犬塚を殴りとばしたばかりか、マリア達のところへ連れていけと命じたんだ。その日がテレビ中継当日で、母子が見学にいくのを犬塚は知っていた。だからといってすぐに教えやしなかった。何度も拒んだ。その度にボクサーくずれのチンピラはあいつを殴りつけ、しまいには持っていた包丁を喉元に当てたそうだ。ひどい話さ。しかもあの暴力亭主、運転免許を持っておらんでな。犬塚に村役場のワゴン車をださせた。棚田にきてからの騒動は、まあ、改めて言うこともなかろ」

ゑいが放った弾は、坊主頭には的中しなかった。右脚の太腿を擦っただけだった。それでも全治一ヶ月の怪我を負わせることができた。警察が訪れたのはそれからすぐのことだったらしい。狸親父といっしょにやってきたのだ。ゑいが突き飛ばされたところで、中継は打ち切られたのだが、村でテレビを見ていた住民が、警察に通報したのだという。

「あの猟銃、いつも持ち歩いておるのか」

いつもではない。だが事細かに説明するのも疲れるので、ゑいは頷いた。ほんとうのところ、眠くなってもきている。

「所持許可は申請しておるんか?」

ゑいは首を横に振る。そんなものがいるとは知らなんだ。母さんったらほんと、世間知らずなんだから。

ええ、そう。あたしは世間知らずだ。それでけっこう。その代わり、あたしは世間が知らないことを知っておる。それでおあいこだ。

「あの銃、いまどこにある？」

「警察だろが」

「戻ってくるかの」

「いや、だから所持許可を」

「あれ、久作さんの形見なんよ」

「久作さんの？　そうか。あのひと、時折、猟をしておったものな」

「お願いだ。警察にうまいこと、口をきいて取り戻してくださらんか」

「わかった」狸親父はにやりと笑った。狡猾でいやらしい笑い方だ。しかしその表情こそが彼そのものだった。ゐいは嫌いではない。それどころか頼もしく思う。「私に任せてくれ」


ゐいが退院したのはそれから二日後だった。さらに五日後には、野良仕事にでかけていた。からだを動かしていないと、ほんとうに枯れて朽ちてしまいそうだったからだ。

マリアとキティは毎日、手伝いに訪れた。ただしふたりとも坊主頭の話はしない。ゑいも訊かずにおいた。やがて春が過ぎた頃、マリアは居酒屋をやめてしまった。彼女はゑいにむかって宣言するようにこう言った。

「ここ一本でがんばります。どうぞ、こき使ってください」

ならばいっそのこと、うちに暮らしたらどうか、とゑいは持ちかけ、家賃などいらんよとも付け加えた。その翌日、軽トラックに僅かな荷物を乗せて、母子は引っ越してきた。

　時折、犬塚が訪ねてくる。彼がマリアに気があるのはまちがいない。しかし狸親父が言う通り、女の口説き方どころか、接し方も知らないらしい。なにか話をするでもなく、野良仕事を手伝って帰っていくだけだ。そんな犬塚をキティがうまいこと利用する。欲しい服やおもちゃをねだるのだ。そのことでマリアに小言を食らっても、キティは平気の平左だった。

　おもちゃと言えば、妙子の誕生日プレゼントだったフランス人形が蔵からでてきた。保存状態がよく、ふたたび床の間に飾ることにした。

「なに、これっ。超クゥゥルじゃん」

　キティは暇さえあれば、畳に俯《うつぶ》せで寝転がり、ガラスケースに入ったフランス人形を見つめていた。ときには一時間以上、そうしている。本気で気に入ったらしい。

いつかキティが嫁ぐときに持たせてあげよう。

ゑいは思う。

そのときまで生きていられるかどうか、わからんけどな。

久作さんの形見はまだ手元にない。狸親父からその件について幾度か電話をもらった。どうやら難航しているらしい。だがいつも最後はこう締めくくる。

「必ず取り戻す。心配せんでいいからな」


その日の朝、田んぼには、ゑいひとりだった。マリアとキティは軽トラックでとなりの村まで買い物にでかけていた。梅雨が明け、村は夏を迎えた。午《ひる》までまだだいぶ時間があるものの、強い陽射《ひざ》しが容赦なく照りつけている。ゑいは草むしりをしていた手をとめ、柿の木へむかう。熱中症予防にじゅうぶんな水分補給をとるよう、でがけにマリアとキティに再三、言われた。たしかにひとりで倒れてしまったら、どうすることもできない。

柿の木まで辿り着くと、籠から水筒を取りだした。最近、マリアが購入してきたものだ。片手で開けられ、使い勝手がいい。こりゃ便利だとすこぶる感心すると、マリアとキティに笑われた。

やはりあたしは世間知らずらしい。

柿の木の下に腰をおろし、水筒の水を喉に流し込んでいく。

一息ついたら仕事に戻ろう。

そう思いながら棚田を見下ろすと、坂をのぼってくるひとがいた。

フランス人形さん？

三ヶ月前のようにワンピースなどではない。長袖のTシャツにジーンズと動きやすい格好をしている。肩まであった髪が耳元までしかなかった。

フランス人形さんもゑいに気づいた。手を振ってから、足を早め、瞬く間に坂をのぼり、畦道に入ると、柿の木まで駆け足でむかってきた。

「おひさしぶりです」

「あ、ああ」フランス人形さんの鼻に傷跡があった。坊主頭に殴られたときのにちがいない。「え、えぇと、ど、どうなさった？」

「お願いがあってきました」

「あ、あたしに？」

「私を雇ってくださいませんか？」

「や、雇う?」

「農業の経験はありませんが、体力には自信あります」

それは知っとる。

「テレビの仕事は」

「やめてきました。多少の蓄えはありますので、しばらくは無給でかまいません。できるだけ早くお役に立つようがんばります」

「いや、でも」

「お願いします」

なにがあったのやろ。

しかしそれを問う気にはならなかった。たしかに狐男やチンドン屋達に囲まれているよりも、ここにいたほうがいいに決まっている。

ゑいはゆっくり腰をあげ、水筒を籠に入れた。

「なら、ついてきてくれんかの」

「はいっ」

フランス人形さんは口元から八重歯を見せ、屈託なく笑った。ゑいも笑う。午後にはマリア達も訪れる。そのときのキティを想像するだけで、ゑいはおかしくてたまらなかった。
あの子はお決まりの台詞を言うにちがいない。
クールッ。

シンプル・マインド

吉永南央

吉永南央（よしなが・なお）

1964年埼玉県生まれ。2004年「紅雲町のお草」で第43回オール讀物推理小説新人賞を受賞。08年、同作を含む短編集『紅雲町ものがたり』で単行本デビュー。同作は文庫化に際し『萩を揺らす雨』に改題、ヒット作に。同作のシリーズに『その日まで』『名もなき花の』、その他の著書に『誘う森』『Fの記憶』『オリーブ』『アンジャーネ（文庫は『ランタン灯る窓辺で』に改題）』『RE＊PAIR』がある。

1

設楽比佐子《したらひさこ》が居酒屋で一人遅い夕食をとっていると、社長が知った顔を引き連れてぞろぞろと入ってきた。比佐子も加わって合計八人。何かと一緒に仕事することが多いコミュニティFMやボランティア団体のスタッフ、地元オーケストラ団員たちとテーブルを囲み、仕事がらみの話と雑談で楽しい酒になる。

小一時間した零時過ぎ、カウンターの客が何杯目かのハイボールをおかわりした。

「こんな泡みてーなもんによ」

苦々しげなダミ声が、テーブルに飛んでくる。二度続いた。店の空気が張りつめ、テーブルの全員が黙り込んだ。他に客はいないのだから、自分たちに対する文句であることは明白だ。話題から考えて補うなら、芸術祭だかなんだか知らないが、炭酸の泡みたいに消えてなくなるイベントに税金を使うなんてどういうことだよ、というところだ。

地元オーケストラ団員の三人は互いに顔を見合わせ、それぞれが持ち歩いている傍らの楽器に手を置く。比佐子は、ちらりと社長を見た。上機嫌だった顔から、表情が消えている。カウンターの客が社長の知人で、傾きかけた金物屋の店主だということを、比佐子もコミュニティＦＭのスタッフも知っていた。

「よお、イベント屋！　聞こえねえのか」

社長がグラスを置き、よろよろと立ち上がった。比佐子はコミュニティＦＭのスタッフとほぼ同時に社長の腕をつかみ、すかさず明るい声を出した。

「じゃ、今夜はお開きということで。おあいそ、お願いしまーす」

――こんな泡みてーなもんによ。

酔っぱらいが唸《うな》るくらいの反論ができないものか。頭の隅で考えてみたけれど、結局、思い浮かばなかった。

2

目覚めると、携帯電話を握りしめていた。なんだっけ、と思って画面に触れたら、メールが表示された。送信者は高校時代からの女友だち。ランチの誘いだ。今日仲間の一人が日帰りで実家に戻るので、急に決まったとある。最後はこう締めくくられていた。

《土曜だけど、比佐子は仕事だよね。だったら返信無用よ。がんばれ！》

比佐子は、枕に顔を半分うずめた。地元に暮らす同窓生が多いから、こういう誘いはよくあるが、近頃行けたためしがない。

「返信無用よ、がんばれ……か。サンキュ」

はっとした。

同じセリフをちょっと前にも言った気がした。そういえば、アラーム音とメールの着信音を聞いて携帯電話を操作した記憶がうっすらとあった。時計を見れば、午前八時六分。

しまった。二度寝しちゃった？　――比佐子は、携帯電話片手にベッドを出た。いつもなら車のエンジンをかける時刻だ。通勤時間十分。始業の八時半ギリギリに会社にすべり込むとしても、八時二十分に車を発進させなくては間に合わない。

頭の中でストップウォッチをカチッと押し、二十一平米のワンルームマンションに下がる遮光カーテンを全開にする。まぶしい。五月晴れをレースカーテン越しに望む一瞬も、頭の中ではチッ、チッとストップウォッチが秒を刻む。午前十時からある会議にそろうお偉方を考えると、三十八歳の女としては、とてもポイントメークだけとはいかない。しかし、焦ってはいけない。出かけるまでの段取りを分刻みで考えつつ、ひたすらきびきびと動く。それが失敗とやり直しが少ない最短コースだ。実際アイラインだって、呼吸を整え、時間の許す限り丁寧な手つきで引いたほうがうまくいく。

事前の段取り命、当日はうまくいくのが当たり前。そんな業種であるイベント会社「アールエム」の契約社員になって、二年八か月が過ぎた。

比佐子が日常生活にまで仕事のやり方を持ち込んだのは、当初は訓練のつもりだったが、性格に合っていたというほうが本当なのかもしれない。

「行ってきまーす」

古いチェストの上にある母の遺影に挨拶した比佐子は、最上階の三階から、外階段を足早に下りた。この低層ワンルームマンションには、エレベーターがない。敷地内の青空駐車場から車を出し、カーラジオをコミュニティFMに合わせ、持ってきた紙パックの野菜ジュースとあんパンで朝食をとる。昨夜社長をすんでのところで止めてくれたコミュニティFMのスタッフは、午前中は寝ていられると言っていたから、まだ夢の中だろうか。

――こんな泡みてーなもんによ。

比佐子は薄く開けていた窓を閉めてラジオの音量を上げ、酔っぱらいのダミ声をかき消す。いつも混雑する交差点も土曜だからすいていて、車は国道にすんなり出られた。寝坊したなりの計画どおり。まずまずの滑り出しだ。

《「アートある街、夢ある街」あるあるイベント情報！》

アールエムが四半世紀前に作った、この街のキャッチコピーを冒頭に、ラジオは元気よくイベント情報に切り替わる。

最初に、明日の「エキマエ野外コンサート」の紹介が始まった。

鉄道会社主催のＳＬを走らせるイベントに連携して、企業や市街地に十九ある商店街の協賛で開催される公演だ。メインのピアニスト紋谷一徳《もんやいっとく》に、パーソナリティーとゲストの話題は集中。クラシックの実力派としての経歴、国内外の受賞歴などはそっちのけで、モデル並みのルックスに女性同士の会話は盛り上がる。ジャンルを越えた彼の幅広い活躍が国内では知られた話とはいえ、それはないだろうと比佐子でさえ思わされる。ＢＧＭは、保湿ティッシュのＣＭで使われ有名になった、紋谷一徳の繊細なオリジナル曲だ。

エキマエ野外コンサートは、別の社員が担当している。だが、紋谷の出演は当初交渉が難航し、個人的に知り合いだった比佐子が直接頼み込んだのだった。

「紋谷、恩に着ます」

そのおかげもあるのかな。二年契約の仕事が更新されて、こうして二年八か月も続いてきたのは。

比佐子は、アクセルを踏む。

四車線の国道はせり上がり、大空が近くなってくる。立体交差をくぐれば、百八十度視界良好だ。右手は広い川。左手は、二十三階建ての市庁舎がダントツに高く見える市街地。

東京から百キロ離れたこの街でも朝はあわただしいけど、八年前までしていた都心の生活とはまったく違うな、と比佐子はあらためて思う。底の方に、安心感がある。ラッシュの山手線に揺られて無表情に通勤していた自分が、嘘《うそ》のように遠い。もっとも、一度故郷を離れたからこそ感じることなのかもしれない。

カーラジオから流れる曲が、ナット・キング・コールの「スマイル」に変わった。

母が好きだった歌を、比佐子はハミングする。数えてみると一人残されて六年になるのだが、記憶の中の母はいつも元気で、こうして外にいると、いなくなったような気がしない。縁あって住み着いたこの街で、子供を一人で生み育て、ジャズシンガー「設楽マキ」として時々歌い、大手ピアノ教室の講師をして稼いだ、たくましい人だった。

You'll see the sun come shining though for you

洗濯物を干しながら口ずさむ母を思い浮かべ、そこだけ比佐子は歌詞をつけて歌った。

始業時間には、ぎりぎり間に合った。

ほっとしたのも束《つか》の間、電話やメールのやりとりを縫って、午前十時から市役所で開かれる会議の資料を準備する。

社長以下二十一名いる社員や常時数名いるアルバイトまで含め、今日は総出だ。七割の人が明日のエキマエ野外コンサートのため、比佐子や何人かは他の仕事があって出ている。三階建ての社屋は外の駐車場にいたるまで、社員が行き来してせわしない。

一階のコピー機の前にいた比佐子に、アルバイトの女子大生が近寄ってきた。スタッフ用の名札を作るのだろう。空の名札ケースが入った箱を重そうに運んでいる。

「あのー、商店街から応援で来る人の名簿があるって聞いたんですけど」

「ごめん、エキマエ担当は岡部《おかべ》さんなのよ。もしくは安田《やすだ》さん」

比佐子は紋谷の出演交渉をして、二度ほど打ち合わせの場に立ち会っただけで、担当ではない。紋谷が知り合いという話から、勘違いされやすかった。

「それが安田さんも……」

「二人ともいない？　現場に行っちゃったか。おっと、いたいた、岡部さーん」

スタッフ用ジャンパーと書かれた段ボール箱を倉庫から運んできた岡部を呼びとめ、アルバイトを行かせた。あとから同じように荷物を抱えて入ってきたのは、デザイナーとライターだ。菓子メーカーのロゴデザインと社史の編纂《へんさん》が忙しくて出勤したのに、手伝っている。五十肩のライターがよろけた。比佐子は走り寄って、代わりに荷物を持った。

「この間また、アールエムって何屋なんですかって訊《き》かれましたよ」

「イベントに関係ない仕事も多いから、出版社にもデザイン事務所にも見えるのよね」

「それに、デザイナーもライターもフットワーク軽いから」

三人で笑う。ライターは痛そうに肩をさすった。

「多機能社員じゃなきゃ勤まらないアールエムってね。島《しま》製菓の社史、間に合うかなあ」

比佐子は、物でいっぱいの作業台の横に段ボール箱を下ろした。

「お願いしますよ。今回うまくいったら、工場見学のイベントまで仕事になりそうなんですから。芸術祭の会議から戻ったら、私も校正手伝います」

「芸術祭の実行委員会？　何時から？」

「十時から。ただいま資料作成中です」

比佐子は話をしつつ、自分の仕事に戻った。コピーした資料を机に運び、一部ずつ綴《と》じ始める。

「忙しいのに、落ち着き払っちゃって。あー、まだ五月だと思っても、すぐ秋の芸術祭は来るのよね。年取ると月日が経《た》つのが早い早い」

明るくぼやいたライターも、デザイナーと一緒に、それぞれの机がある二階へ戻ってゆく。

月日の流れが早く感じるのは、比佐子も同じだ。

芸術祭は毎年秋の二か月間にわたって開催され、終えると次の十か月はまた準備期間になる。実質切れ目がない。常に秋を見据えて働き、その他の仕事もしていると、まったく時が経つのが早く感じられる。

芸術祭は、行政と市民が協力して行う音楽とアートの祭典で、この街最大のイベント。国内外から一流アーティストを招聘《しょうへい》するクラシックコンサート、アマチュアバンドコンテスト、児童絵画展など、一般の人たちが受け手にも送り手にもなる催し物が目白押しとなる。新しい企画を柱に、既存の催し物を巻き込んできたからこそ実現できた数だ。

委員は十七名、市役所職員二名の他は基本的に市民の有志で構成される。

アールエムとしても、芸術祭は大きな仕事だ。社長中心に、比佐子を含む三名、計四名が常に担当し、開催が近づくにつれて社員全員で力を注ぐ。

比佐子はといえば、事業を委託されたアールエムの一員として企画・運営に関わるのはもちろん、事務局も務める。事務局はマスコミや一般からの問い合わせの応対でも、通りすがりにうるさいとクレームしてくる人への対処でも、何でもする。たとえば今日の会議では、資料とお茶をテーブルに配布、ドア近くの席に座ってノートパソコンを開き、議事進行役である鉄工所専務のサポート兼書記を務める。鉄工所の専務のように本業の傍ら地域のために時間を割く委員が多い中、アールエムの社員が、会議は平日の昼間にしませんか、などと言うわけにはいかないのだ。

社長が比佐子の机に来て、まいったなあ、とぼやいて万年寝不足の顔をさすった。

「来年度も、芸術祭の補助金が減額されそうだ」

まいったのは昨夜のことではなかったが、無関係でもない。

「ご時世とはいえ、三年連続ですか。きついですね」

「税金の無駄遣い。市街地活性化に必要。どっちも芸術祭に対する議会の声なんだが」

長引く不況下、自治体からの補助金減額や打ち切りに悩まされるイベントは全国にある。幸いこの街は、古くからプロのオーケストラがある土地柄だからか、芸術祭に理解ある経営者が多く、協賛企業が目立って減らないから救われていた。

「手弁当で働いてくれる人が大勢いるのに、案外知られていませんね」

「そうなんだよ。設楽さんのお母さんには、ノーギャラでチャリティーコンサートを何回もやっていただいたっけ」

「アマチュアバンドコンテストだって、出演者全員がスタッフみたいなものだし」

比佐子は、予算カット、我が社減収と連想したあと、自分が契約社員だったことに思い至った。契約社員を正社員にするゆとりは、この会社にあるだろうか。手が止まっていたことに気づき、また資料をホチキスで綴じ始める。

社長は伸びをして、首をぐるりと回した。

「来年が二十五周年ともなると、金の話だけでもないしさ」

「ですよね。実際その間に、紋谷一徳、ザ・チェリー・バンド、イラストレーターの堀井《ほりい》さんたちが、この街から巣立ったわけだし」

「まあ、そういうこと」

ジャガ、ジャン！　音こそしないが、社長はエアエレキをかき鳴らして去っていく。

昔はプロを夢見てバンドを組んでいたらしいが、今見ている夢も楽ではなさそうだ。

比佐子が資料をホチキスで綴じ終えると、会社の携帯電話がメールの着信を知らせて鳴った。紋谷一徳からだ。

「噂《うわさ》をすれば……でも、なんだろ」

打ち合わせの場に顔を出したのも半年前だし、直接連絡を取りあったことは一度もなかった。担当の岡部がつかまらないというのでもない。岡部は打ち合わせ用のテーブルで図面を広げ、電話している。今日午後のゲネプロについてだ。岡部の三十代半ばとは思えない童顔を目の端に置いて、比佐子は携帯電話のメール画面を開いた。

《エキマエ野外コンサート、降りる。》

あまりのことに、一瞬、比佐子はどういう気持ちも起こらなかった。

コンサートは明日二時。正気か、紋谷。

3

出演キャンセルの連絡に、担当の岡部は青ざめた。社長は髪をかきあげて黙り込み、瞳だけを動かす。次の方策を何パターンか考え始めると、こういう顔になる。

担当でない分救われているのだ、と比佐子は思いたかった。会議の時間も迫っているので、腕時計に目をやり、出かけるまでに時間がないと無言で伝える。

「理由は、その……彼は繊細なので」

気難しいという言葉はあえて避けた。

「いろいろ考えられます。この唐突な文面からすると、何か気に障ることがあったような」

社長室には、立ち話する三人の他に誰もいない。

岡部は、不安そうに自分の身体《からだ》を抱え込んだ。

「紋谷さん、おとといからこっちに帰っているんです。今朝のラジオを聴いて、気に障ったのかな。美形ピアニストとか、思いっきり言ってたし」

しょげきって続ける。

「だとしたら、ああいう扱いをしない約束……口頭でしたけど約束した以上、プロモーション内容が徹底できなかった、こちらの落ち度だと謝るしか……」

そうと決まったわけではないが、比佐子も今朝のラジオが気になっていたのでうなずいておく。でも、いくら紋谷が気難しいとはいえ、公演を土壇場でキャンセルした話は聞いたことがなかった。何か変だ。

紋谷は、今回ノーギャラで四十分出演し、チケットなしの屋外公演全五組のトリを務めることになっていた。出演は口約束、契約書もない。東京のマネージメント会社を通すと出演料を上げてもまとまらなかったのだが、比佐子が社長と直《じか》に会いに行くと、渋々ではあったものの紋谷は自ら、知り合いの頼みごとレベルの話にしてしまい、近所だから出るという感じならいいですよ、と言って、公演のアイデアや条件まで提示してきたのだった。

だから、出演をやめたところで違約金などは発生しない。

四十分の穴を埋めるのにも、それなりの手立てはある。

しかし、その結果を考えてみると、紋谷は地元のためにノーギャラで出演をかって出たという話がどこからともなく広がっているだけに、アールエムの側が非難されそうだった。たまに帰省するだけの紋谷とは違い、アールエムは地元の仕事しかないというのに。

「ともかく、理由を聞いてみないと何とも言えませんね」

社長が、行ってくれるか、と比佐子に言い、岡部はすがりつくような目をする。

岡部は準備に追われ午後はゲネプロ（メインの紋谷が不在では通しのリハーサルに

はならないが）、社長は東京出張の予定だから、いずれにしろ比佐子しか適任はいない。そもそも、あのメールだ。末尾の「。」が決意を示し、文句があるなら来いと呼んでいるようなものだった。

「わかりました。会ってみます」

比佐子が出かける間際、岡部はおずおずと透明な薄い手提げを差し出した。中身は、明日鉄道会社が行うほうのイベントグッズだった。そういえば見本としていくつか届いていた。パンフレット、缶バッジ、手拭い。どれもＳＬの写真やイラスト付きだ。

「紋谷さん、わりと鉄道ファンだそうなので」

「初耳」

あまり効果があるとも思えないが、比佐子は一応預かった。

土曜の静かな市庁舎内を歩く間も、七階の一室で会議をする間も、ちらちら紋谷のことを考えた。居酒屋での一件を思い出し、公私はきっちり分けようと自分に言い聞かせる。

紋谷は、広い中央公園を挟んで、市庁舎の真正面に見えるマンションに滞在していた。

会議を終えた比佐子は、庁舎の展望フロアにあるレストランで昼食を済ませてから、アポなしで紋谷を訪ねた。ノートパソコンや厚さ二十センチにもなる書類、それから手みやげのイベントグッズを入れた大振りのトートバッグ以上に重い気持ちを引っ提げ、失礼を承知で、他人の出入りに合わせてエントランスを抜ける。最上階の十二階に上がってインターホンを押すと、外廊下から見下ろす公園脇には、紋谷が両親のために建てたと言われている、真新しくモダンな白い住宅が見えた。

このマンションは、彼のかつての実家だったのだ。

比佐子がここを訪ねるのは、バンド「ＤＡＤＡ《ダダ》」を紋谷たちと組んでいた高校時代以来になる。共働きの両親のもとで一人っ子が暮らす広いマンションは、通学路にあり、高校生バンドには都合のいいたまり場だった。

バンドのメンバーは、紋谷の他に男子が二人、全員同い年の計四人。比佐子がヴォーカルと時々ピアノ、紋谷がその逆、あとはストリング・ベースとバイオリンという一風変わった編成で、いいと思えばジャズでもポップスでもロックでも、クラシック育ちのアレンジを思いっきりきかせて、ジャンル不明の演奏をした。比佐子と紋谷は、それぞれ曲も作った。歌詞は言葉が持つ響き重視、複数言語のミックスだったから、それが面白がられた。ライブには大人のファンも多く、一度だけプロデビューの誘いもあった。でも、高校二年の冬には終わった、たった一年半の活動に過ぎない。

「それが、ここまでの腐れ縁とは」

ガチャッとドアが開き、長身の紋谷が現れ、比佐子を無表情に見下ろした。

タイミングといい、この顔つきといい、明らかに独り言を聞かれたみたいだが、比佐子は下手にとりつくろったりせずに微笑《ほほえ》んだ。

「失礼します。ちょっとよろしいですか」

紋谷の横から、半ば強引に玄関内へ入りながら、相変わらずきれいな男だなあ、と思った。彫《ほり》の深い顔立ちに、くっきりとした二重の切れ長の目、白いシャツに細身のパンツ。貴族のような顔をしていて、とてもあんなメールを送ってくるような人間に見えないのは、今に始まったことじゃない。

「エキマエ野外コンサート、降りる。あのメールが間違いでなければ、理由を聞かせてほしいんです」

比佐子は、これは仕事なのだという意味で、ですます調で話したものの、スリッパラックに二十足ほど用意されている客用スリッパから一足取って履き、勝手に上がり込んだ。公私はきっちり分けようの決意が早くも揺らぐ。一対一で顔を会わせると、どうもうまくいかない。

室内は大胆にリフォームされて、洗練された音楽の気配に満ちている。

隣室を取り込んでさらに広くなったリビングの中央には、グランドピアノが置いてある。ベランダ側は全面ガラス窓のままだが、ある程度の防音をほどこしたらしく、話し声が壁に吸い込まれる感じがする。奥にあった防音室では、手狭になったのだろうか。

比佐子は、贅沢《ぜいたく》な座り心地のコーナーソファに落ち着き、トートバッグを足元に置いた。

グランドピアノの向こうの窓には、青空だけだ。

「考え直してもらえませんか。何かいたらない点があったなら、謝ります」

紋谷はピアノの椅子に座り、形のいい眉を上げて肩をすくめた。遠い斜向《はすむ》かいだ。

「とりあえず、なんでもいいから謝っておく……って感じですか？」

挑発的な言いぐさが頭にきたが、比佐子は我慢して受け流した。紋谷が続ける。

「理由を話す気はない。手首に痛みが出たとでも言っておいてくれませんかね。実際、右は治療中だから嘘にはならない」

「悪いの？」

つい、比佐子は昔の口調になった。

紋谷は、ショパンの『英雄』ポロネーズを弾き始めた。

鍵盤が向こう側だから指の速い動きは見えないが、力強く優美でもある見事な演奏だ。軽症だという答えのつもりなのだろう。どうだと言わんばかりに紋谷はちらりと比佐子を見たものの、やがて自分の音の世界に入り込んでしまった。

彼自身は影を潜め、ピアノだけが比佐子の胸に心地よく沁《し》みてくる。

奏者がたとえプロでも、よく知っている人の演奏となるとハラハラして落ち着かないものだが、比佐子は不思議と紋谷にはそれを感じない。母のピアノに対してそうだったように、聴き入ってしまう。

左の壁際の飾り棚には、六年前にＣＭで火がついたアルバムも、以後国内で連続してリリースされたものも見当たらない。クラシックの楽譜や名盤ばかりで、目立つのはピアノコンクールの盾の類くらいだ。自宅は東京で、ここはセカンドハウスみたいなものだからかもしれないが、気持ちの表れに見えなくもない。

出演交渉のため約十八年ぶりに都内のホテルで会った時も、そこはかとなくうんざりした気分を漂わせていた。繰り返された全国ツアーも、三年前からなくなっている。あれは人気の陰りからなのか、本人の意志なのか。

いずれにしろそんなことは、紋谷にとって、エキマエ野外コンサート同様たいしたことではないのかもしれない。

岡部の話では、夏からドイツでの仕事が待っているそうだ。

ここから空を眺めていると、比佐子は否応《いやおう》なしに昔に引き戻された。DADAの男たち三人は当然のように芸大や桐朋《とうほう》を目指し、自分は奨学金で地元の短大を出て早く稼がなければならなかった。その事実に平気な顔をして内心身悶《みもだ》えしていた頃を思い出してしまう。

高二の比佐子が、ここの窓辺に立って自分の進路を話すと、ジュースを飲んでいた男たちは、氷の入ったグラスを振ってカラカラと鳴らし、声を揃えた。

――設楽、大人《おっとなー》。

それはいつも、比佐子がジャズを披露する時のほめ言葉だった。

紋谷の笑みに隠しきれない優越感や憐《あわ》れみがにじむのを比佐子は気づいたし、そのことを紋谷もわかって居づらくなり、キッチンかどこかに消えていった。十代の四人は、音楽仲間であり、過剰に意識しあう関係でもあった。

その後、進学を理由にプロデビューの話を断り、バンドを解散した。けれど、仮にDADAを続けていたところで、紋谷とは反りが合わなかったから長続きしなかっただろうと、比佐子は今でも思っている。

それでも二年前、紋谷がホテルのロビーラウンジで、徹夜明けの疲れた女を気の毒そうに見て（大きすぎて嘘がつけない目なのだ）、契約社員と聞くと、んー、と短く唸り、出演すると言ってくれたのは、精一杯のサービス、あるいは昔のよしみというやつなのだろう。あの気持ちはありがたかった。それを頼りにもう一度、比佐子は説得することにする。

『英雄』が終わった。

「高木《たかぎ》小学校の子供たちも楽しみにしているはずだし、考え直してもらえませんか」

明日のプログラムは、冒頭に小学生のブラスバンド、次に高校生バンド（紋谷がいたグループとして一部で語られ続けているＤＡＤＡにあこがれて結成したらしい）、音大生によるピアノ連弾、地元オーケストラ団員のカルテット、そして最後に紋谷が出演し、他の四組も一曲か二曲は彼のオリジナル曲を演奏する予定になっていた。紋谷のその場の思いつきだが、まるで彼の音楽人生をなぞるかのようで面白いと比佐子は思ったし、野外コンサートの開かれたイメージにぴったりだと社長も喜んだ。

演奏を終えた紋谷は、しばらくして比佐子をまっすぐ見た。

「ここまでだって、人寄せパンダとしては充分だろ？」

人寄せパンダ？　比佐子もさすがに、心の声が裏返った。急な話に翻弄され、それでも忙しい合間を縫ってこれだけ真剣に頼んでいるというのに、理由は話す気がない、挙げ句の果てには、人寄せパンダ、ときた。見下されていると思った。

「あんたねえ……」

大人の顔ではいられなかった。明日の公演が東京駅前で行われて大手の社員がここにいるのなら、同じセリフを言うはずがない。でも、怒るな。キレたら負け。これは仕事だ。

紋谷はピアノの椅子から、すっくと立ち上がった。

「きみに、あんた呼ばわりされる筋合いもないね」

昔の延長でつい出た対等なつもりの呼びかけが、紋谷には不遜に聞こえたらしい。おまえごときに、そんな呼ばれ方はされたくない。そういう意味だ。

比佐子の中で、何かが切れてしまった。

「だったら、最初から引き受けるなよ。いったい、何が気に入らないの！」

身体が震えていた。思いがけず深く傷ついている自分に動揺した。

紋谷に比べ、自分が守ろうとしているもの——街のイベント、関係者、明日を楽しみにしている客、契約社員の立場——がひどく貧弱に感じた。自分のその卑屈さによって、さらにいたたまれなくなり、失礼します、と言って席を立った。

急いだはずみでトートバッグを倒し、なだれ出た中身で、ごみ箱まで倒した。書類や手みやげだったはずのイベントグッズを両手でかき集め、散らかったごみは無視した。落ちていたごみの中に、なじみのライブハウスのチケットがあった。紋谷が行くなんてめずらしいと思ったが、もちろんしゃべらなかった。

4

夕方六時半過ぎに、社長と岡部は帰社した。また三人で社長室に集まる。

はっきりした理由は不明、手首に痛みが出たとでも言っておいてと言われた、と比佐子は報告した。自分が何をしてきたかを黙っているわけにもいかない。

「それから、ちょっと言い合いになりまして……だったら、最初から引き受けるなよ。いったい、何が気に入らないの、と」

言ったんですか、と隣に立っている岡部があきれ、前の机にいる社長は髪をかけ上げて大きなため息をついた。比佐子は頭を下げた。

「申し訳ありません。仕事でここまで感情的になってしまったのは、初めてで。自分でもどうしちゃったのかと」

「昨夜……」

社長が見上げてくる。昨夜、設楽さんは私を止めたよね。そう目が言っている。

「ま、起きたことはしかたがない。もう一度説得してみる。設楽さんはもう上がって」

落ち込んでいる比佐子には、最後の一言が無能の烙印《らくいん》のように思えた。最初から引き受けるな、なんて口が裂けても言ってはいけなかったのだ。

やっぱり、紋谷はライブハウスで何かあったのかな。

仕事を終えて帰った比佐子は、自宅マンションの外階段を上がりながら、今日何度目か、そのことを考えた。

「人寄せパンダ、か」

二階を過ぎたところで、メールの着信音が聞こえた。携帯電話を見てみると、今朝メールをくれた女友だちからだった。二児のママらしく絵文字が満載だ。今日のランチの様子やみんなの近況の報告のようだが、あまり頭に入らないので、あとで読むことにする。

寝不足が続いているうえに、つい十五分前まで紋谷のことについて話し合っていたから、なんだか疲れてぼうっとしていた。

結婚もせず、子供もいない自分。

泡のように消えると形容されたイベント。その仕事まで、今日は台無しにしてしまった。

「なーんにも残せないのかなあ」

独り言が、胸に突き刺さる。

気づいた時には、何をするでもなく、その場に突っ立っていた。

どうも、すんなり家に入る気になれない。

さっきから、頭の中で母のピアノが鳴っている。ジャズにアレンジされた、ちょっと気だるい感じの「スマイル」だ。笑って。ほら、口の端をキュッと上げてさ。笑い方を忘れそうな顔に思い出させてやるのよ、こう笑うんだって――みたいな雰囲気の。

結局、部屋には帰らず、車を飛ばして、なじみのライブハウスに飛び込んだ。

地下への階段を駆け下りる時から漏れ聞こえていた、バンドのガチャガチャした音が、ドアを開けた途端、一気に押し寄せてくる。椅子を寄せればキャパ三百。さほど大きくはないが、DADAの頃ライブハウスといったらこの街にはここしかなかった。

比佐子は安堵《あんど》した。この場所にしみついた、すえたようなにおいが、こんな夜にはなおさらいい。

客は少なく、後ろの方はガラ空きだ。カウンターの隅で飲んでいたオーナーが、スキンヘッドをなで回して顎で呼ぶ。その近くに、母のグランドピアノは今夜、比佐子を待っていたみたいに置かれていた。

比佐子は、若いスタッフにビールを頼み、オーナーの隣の席についた。片耳に人差し指を突っ込んで、ステージをちらっと見る。

「ひどいね」

オーナーは破顔した。

「お母ちゃんのピアノ、弾いてけよ」

「うん。そのつもり」

「てきとうに始めちゃっていいから。やつら、使用料もろくに払ってねえーんだ」

どんなことを言っても、響きは愛情たっぷりだ。

ここは昔から、オーナーのお眼鏡にかなった者しか演奏できない。ただ時折、今夜のように、うまいとは言えない演奏を聴くことがある。音楽への情熱があってもお金がない若者のために、空き時間を少し融通するからだ。

比佐子が一人になって今のワンルームマンションに移る時も、オーナーは運搬費までいとわずにピアノを買い取ってくれ、いつでも弾きに来いと言った。あまり日の目を見たとは言えない設楽マキのジャズを、ここで聴いては、いいなあ、と頬を緩ませていた人だから、彼女の全部を大事にしたがった。この場所でもう一度演奏することを最期まで夢見た母を、比佐子は幸せだったと思っている。

渇ききった喉にビールを流し込み、ジャケットを脱いで、ピアノに移動する。

最初の曲は、ずっと頭の中に聴こえていた、母の「スマイル」にした。

バンドが曲を終えたところで、床をハイヒールで踏み鳴らし、ゆったりとアフタービートの強いリズムを刻む。ざわめきが止み、注目が集まるのを肌で感じる。

「何だよ、あのおばさん」

ステージのマイクが誰かの声を拾ったので、比佐子は笑ってしまった。

Smile――母がそうしたように、目の前の女友だちに語りかけるみたいに、ラフにそっと歌い始める。歌声を追いかけて、ピアノを奏でる。

笑って。つらくても、どうにかやっていける。

そう歌ううちに、たちまち心の雲が破れて、あたたかいものが胸にあふれてくる。

記憶の中の母が歌う。その歌に自分の歌を重ねる。心をそわせる。今の自分よりずいぶん年下の、設楽マキが見えてくる。小さな子を抱えた彼女の不安、孤独、夢。でも、カップ麺の新製品なんか買って食べて、結構幸せを感じたのかもしれない。

拍手がわき起こった。今夜のバンドと全然ジャンルが違うが、お義理ではなさそうだ。

オーナーは安心したような顔をして、カウンターの奥へ消える。

比佐子は気ままにピアノを数曲弾く間に、汗びっしょりになり、頭は空っぽになった。

いつの間にか、客が増えていた。

知り合いも数人いて、ステージにいるバンドと何やら話し、いい雰囲気だ。比佐子は彼らと目が合い、笑みを交わした。疲れも嘘のように吹き飛び、胸が軽くなっていた。

「えー、次は僕らのラスト曲をよろしいでしょうかー」

バンドがマイクを使って訊いた。どっと笑い声が起こる。もうライブハウスは一つだ。比佐子は手を上げて、どうぞと合図する。

ステージの若者たちに、一瞬DADAが重なって見えた。

ここは、まるで実家だ。オーナーがいて、母がいて、昔の自分までいる。

大人の顔も、変にがんばる自分もいらない。疲れや不機嫌をそのまんま連れてきて、そのうちケロッと忘れることができる。

一息つき、汗が引いてくると、くつろいだ頭にショパンの『英雄』がこぼれ出てきた。昼間聴いた、紋谷の演奏だった。仲がいいとは言えないきょうだいを思うように、紋谷を思い浮かべた。

腹立たしさ、申し訳ないという思い、張り合う気持ちが交錯する。

比佐子は、バンドの演奏を耳から追い払った。音を出さないように、鍵盤の上で指だけ動かして『英雄』を弾き始める。あのマンションの空気や紋谷の姿、譜面が浮かんで、指が硬くなってゆく。たたみかけるような連打にミスタッチが一回、二回と重なり、やがて思うように弾けなくなって、中断した。無料の習い事として親からたまたまクラシックの手ほどきを受けただけの人間と、自らの音楽を追い求める紋谷との間には、今さらながら大きな開きがあった。

比佐子が我に返ると、横に、オーナーが注《つ》ぎたてのビールを二杯持って立っていた。

「どうした。ショパンなんか弾いちゃって。紋谷じゃあるまいし」

大声で、オーナーが訊く。さすが。音もないのによくわかるわね。そうは思ったが口には出さず、比佐子はあいまいに微笑み、片方のビールを受け取った。そういえば、紋谷はここに来たのだろうか。たずねると、オーナーはうなずいた。バンドの演奏が終わり、気の合う者同士のざわめきが漂い始める。

「昨夜、来たよ」

「めずらしいね」

紋谷は、ライブハウスから歩いて三分とかからないマンションや実家に帰っていても、DADAの他のメンバーと違って、ほとんどここにはやって来なかった。

「このところ仕事で会ってるのか」

「担当じゃないから、必要に応じてたまに」

「紋谷は、これを弾きに来たんだ」

オーナーは空いているほうの手で、ピアノをなでた。

比佐子にとって、紋谷の目的はちょっぴり意外だった。ここで何かあって、出演をやめようと思ったわけではないらしい。

「設楽マキが亡くなったことは前から知ってたが、ピアノがここにあるってのは最近聞いたそうだ。友だちの母親だしな。供養のつもりなんだろ」

「そう。でもそれ、私は関係ないと思う。紋谷も、設楽マキはわりとお気に入りだったの」

「そっか」

昼間、紋谷はそんな話は一切しなかった。紋谷らしいな、と思う。比佐子も自分からは、母が亡くなった話をしていなかった。

「やたら、母が喜んでいそうな感じ」

「そうだな。超面食いだから」

くつくつ二人で笑う。

「なあ、比佐子。昔、おまえにソロデビューの話があったろ」

「なーに、古いこと言ってんの」

どうでもいい話みたいに応じたものの、比佐子は昨日のことのように覚えていた。

このライブハウスには、ちっぽけな誇りが眠っていた。

プロデビューの誘いはＤＡＤＡのみでなく、比佐子にもあったのだ。

バンドとして断ったその場で、ソロデビューの話は持ち上がった。先方は、比佐子の才能を一番買っていた。それを紋谷は知らない。何かでへそを曲げて、ここに来なかったからだ。やつのプライドが許さないだろうから黙っていようぜ、と居合わせた他のメンバー二人が口をそろえ、結局言わずじまいになった。比佐子の評価を当然のものとして受け止めたメンバー二人の姿は、ソロデビューの誘い以上に、比佐子にとっては価値があった。

「あんなの、遠い昔の話よ」

さっきのみじめな『英雄』を思えば、それが身に沁みた。

考えてみると、修練を積む紋谷の、長い孤独な時間を思いやったことがなかったような気がする。昔はあの紋谷より——なんて思い上がりまで、どこかに抱えていたのかもしれない。そのくせ、紋谷が実らせたものを、都合のいい時だけ利用しようとしたりして。出演交渉はこの仕事を始めて一年足らずの時期だったから、さすが設楽さんだ、と言われていい気になったり、居場所ができてほっとしたりしていた。

それを、あの敏感な紋谷が感じないはずがない。今回の騒ぎは、きっかけが何にしろ、比佐子は自分に根本の原因があるように思えてならなくなった。

「それが昔話じゃないのさ」

オーナーは困ったように微笑み、昨夜ＤＡＤＡの他のメンバー二人が来たと言った。彼らは仲が良く、この街で上場企業の跡取りと高校の音楽教師になって暮らしており、比佐子より頻繁にここを訪れる。そうして昨夜は、紋谷が後ろに入ってきたとも知らないで、比佐子にソロデビューの話が来たこと、紋谷以上の評価だったことを話していたらしい。

まいったなと思ったが、比佐子は、ひえーっ、と言っておどけた。

「人寄せパンダとか、言ってなかった？　口悪いから」

「よくわかるな」

「想像つく」

よりによって、ＤＡＤＡのメンバー全員で、紋谷の神経を逆なでしていたわけか。他の二人のメンバーも、自分の才能に見切りをつけ、故郷で生きる道を選んだ。そうして、芸術祭などに協賛したり、教師になったりして、この街の音楽をバックアップする側に回った。だから紋谷への悪態は完全に負け犬の遠吠《とおぼ》えであり、自覚もしているからチャーミングに響くのだけれど、紋谷に同じように感じろというのは無理な話だった。

「紋谷はすまして一曲弾いて帰ったが、立ち聞きした時は面白くない顔をしてたよ」

紋谷の分まで胸が痛んで、比佐子はひっそり笑った。

負けず嫌いの紋谷のことだ。十代の話とはいえ、ソロデビューの誘いがなぜ設楽に来るんだ、と多少むっとしたかもしれない。でも、それより故郷に裏切られた気分だったと思う。流行物のオモチャみたいな扱いに辟易《へきえき》していたけど一肌脱いだのに、こんな話しか落ちてないのかこの街は、と。

「紋谷は真面目なんだよね。音楽に対して」

「そうだな」

オーナーが、何か思い出したように破顔した。

ない。

「ここに帰ってくると、みんなガキだな。昨夜の紋谷の顔ったら」

ことというのが、ライブハウスのことにも、この街のことにも聞こえた。

比佐子は、ライブハウスを出た。九時を回ったところだ。

周辺のどのビルやマンションも眼下になる市庁舎の、最上階にある展望フロアに上ってみた。展望フロアは年中休みなく十時まで開放されているが、今夜はもう誰もいない。

街はいつものように、都心よりずっと控えめに輝いていた。

ここで暮らす人々の足あとや温かみを思わせる明かりが、縦横に走る道に沿って連なる。どこもかしこもピカピカ、とはいかない。昼間のように明るい道もあれば、真っ暗な一角、明かりが消えそうな道もある。

駅の方を向くと、紋谷の部屋のバルコニーに明かりが落ちているのが見えた。

まだ彼はいるらしい。今夜社長たちとやりとりはあったかもしれないが、実際に会った可能性は低そうだった。今も、一人ピアノに向き合っているのだろうか。

「あーあ、私の仕事って、なんなんだろ」

イベントは、表面上は無事に進行するのが当たり前だ。

でも実際は、事前準備も、運営も、いつだってハードル競走状態。人の数だけ意見があり、ぶつかり、思いもかけない問題が持ち上がる。特に当日はハプニングの連続だ。それでも、飛べないハードルはなかった。今日までは。

「紋谷一徳に、つまずくとは」

二年八か月の仕事が、台無しになっていくように思えた。

以前は、仕事は生活のためだと、割り切っていられた。

東京では通販会社に勤務し、入院した母のそばにいようと決心して帰郷してからは、コミュニティFMの裏方と新聞配達のアルバイトを並行してやっていた。これまで生活のために、事情に合わせて業種や働き方を変えてきたことを悪いとは思わない。そのつど自分から仕事に興味を持って近づき、それなりに何かを得た。いざという時に、仕事を紹介してくれそうな知り合いだって増えた。

けれど、今回の仕事は少々違う。音楽のせいか、自分、仕事、生まれ育った街、あったはずの境がとけてにじんでしまう。仕事が、単に仕事じゃなくなる。

――こんな泡みてーなもんによ。

「そりゃあ、イベントも音楽も泡みたいに消えちゃうけど……さ」

オーナーも、設楽マキも、元ＤＡＤＡの跡取りと音楽教師も、アールエムの社長も、どこか似ていた。仕事の枠から、ほんの少しずつ踏み出している。まるで、仕事はその仕事を越えて何かを残せる、と信じているみたいに。誰かがつないできたものを、さらにつないでいこうとするみたいに。

「人寄せパンダ、か」

飛び越えられずに倒してしまったハードルが、足元に転がっている。

ハードルを立て直して飛び越えるのも、このまま捨て置くのも自分次第か。

比佐子は、紋谷のいる街を展望フロアが閉まるまで眺め続けた。

その夜、寝る頃になってから、トートバッグの中に意外なものを見つけた。紋谷のことを考えていたから出てきたようなそれは、封筒入りの小さなカードで、こう書いてあった。

《ドイツは残念なことでした。でも、今のつらさがきみを育てる。まずは音楽なさい。》

紋谷様とあり、日付は二日前、差出人は比佐子の知らない人だった。筆跡はやわらかく貫禄がある。何かに添えられて届き、ごみ箱行きとなったらしい。文面以上のことはわからないが、紋谷が今苦しいところを歩いているのは間違いなさそうだった。

コミュニティFMは紋谷特集となり、この時間にふさわしい静かな美しい旋律が流れている。目を閉じると、満天の星空が浮かんでくるようだ。

比佐子はパソコンを操作して音量を少し下げ、ベッドに横たわった。地元の放送をクリアな音で聴けるから、近頃はネットのサイマルラジオからアクセスすることが多い。それに、電波が届かない地域のコミュニティFMまで聴ける。たとえ遠く三陸や瀬戸内の放送であっても。だから考えてみれば、今、紋谷のこの曲に三陸や瀬戸内で耳を傾けている人がいるのかもしれなかった。ひょっとしたら、ドイツでも。彼の故郷、彼が音楽し始めた街の発信を受け止めて。

5

翌日、比佐子はライターに断って菓子メーカーの仕事を抜け出し、三階の社長室を訪ねた。紋谷の気持ちは変えられなかったと朝一で聞かされてから、考えていたことがあった。

「これから、もう一度紋谷さんに会って、出演してほしいと頼んでみていいでしょうか」

自分の椅子にいる社長は返事をせず、机の前に立っている比佐子を見上げた。もう変更したプログラムに切り替えて、準備が進められている。話を蒸し返せば現場を混乱させる、と考えるのも無理はない。

「このままというのが、どうも……」

「そんなに責任を感じなくたっていいんだよ。もともと出演を無理に頼んだ経緯もある」

「これは責任というより、その、やはり彼の演奏を聴いてほしいと思いまして。彼の端正な顔しか知らない女の子や、ピアノに興味がない人にも。生で、ぜひ」

「生で、ぜひ……ね」

長い沈黙の末に社長は、正午までなら待とう、と言った。

「ありがとうございます。今度は公私混同しないように気を付けますので」

「無理だな」

意味がわからず、比佐子は鸚鵡《おうむ》返しに訊きかえした。

「公私混同しないなんて無理だよ、この街じゃ。知り合いが多すぎる。お互いを知りすぎてる。下手したら、自分以上に相手を知ってる。でも、だからこそ、できることもある」

確かに、そうかもしれない。

急いで部屋を出ようとする比佐子に、社長はたずねた。

「きみたちは、どういうきっかけでバンドを組むようになったの？」

比佐子は首を傾《かし》げ、さあ、と答えた。よく思い出せないのだ。

車の運転中も考えてみたが、気がついたら四人そろって演奏していたという感じで、さっぱりわからない。何せ二十年以上前の話だ。他のメンバーとは高校も別で、彼らが母にピアノを習っていたというつながりもなかった。比佐子が設楽マキの娘だとわかって紋谷がびっくりしたのも、バンド活動を始めてしばらくあとのことだった。

昨日と同じようにマンションを訪ねたが、応答はなかった。下の管理人事務室で訊いてみると、彼は三分ほど前に小型のスーツケースを引いて駅の方へ向かったと教えられた。入れ違いになったらしい。

ここから駅までは、大通りを徒歩で五、六分。

東京方面の次の新幹線は、十一時四十二分。発車まで、あと十五分。

新幹線の時間を検索した比佐子は、携帯電話を握りしめ、駅に向かって走った。新聞配達の自転車で鍛えたから、足には自信がある。走りながら、紋谷に電話をかける。だが、何度かけても出ない。

イベントがあるので、そぞろ歩く人が多い。大通りの整備された幅広の歩道を、比佐子は人を避けて進む。増えてくる歩行者の中に、長身の紋谷を捜したがいない。

一階がイタリアンレストランのビルの前を、駆け抜ける。

あっ、そうか、と思わず声が出た。以前ここは、老舗《しにせ》の楽器店だったのだ。通りから見える半地下にCDやレコードが置いてあり、レンガの短い外階段をのぼった一階と、その上がずっと楽器売り場で、最上階には薄暗い小さな貸しスタジオがいくつかあった。

「そうだ。あそこで三人のうちの誰かが、声をかけてきて」

あれは印象薄いから紋谷じゃないよね。でも、その前から楽器を鳴らしていたような。ああ、思い出した。展示してあったキーボードをガンガン弾いて遊んでいたら、ピアノ、バイオリン、ストリング・ベースと音が重なってきて。私たち、出会うのに言葉なんかいらなかったんだ――比佐子は胸の中で、紋谷に向かって必死にしゃべっていた。

駅に着いた。駅前の円形広場に設置された銀色の骨組みのシンプルなステージから、設楽さーん何やってるんですかー、と岡部が大声を上げる。が、比佐子に答える余裕はない。会場を取り囲むスペースに陣取り始めた気の早い観客の姿が、目の端を流れてゆく。エスカレーターを駆け上がり、入場券を買って中央改札口に入る。駅構内はごった返していた。

新幹線の発車時刻まで、あと十一分。四分もかかってしまった。

《間もなく、蒸気機関車が発車する時刻となります。ホームは混雑のため入場を制限して――》

「ああ、それで、こんなに人が」

肩で息をする比佐子は、新幹線乗り換え口の方へ首を回した。

紋谷、紋谷、いた！

彼は新幹線乗り換え口へと歩いていた。だが、なぜか引き返してきて、在来線のホームへ続く連絡通路へ向かう。比佐子は人混みを縫って夢中で追った。昨日はごめんなさい。出演してほしい。それが言いたくて走った。

「モーン！」

高校時代のもう一つあった呼び名が、自然に出た。

ホームの連絡通路の窓際を埋め尽くす人垣の中から、頭一つ大きい紋谷が首をねじって比佐子に向いた。比佐子は人垣の後ろから回り込み、すみません、通していただけますか、を繰り返して、やっと紋谷の隣にたどり着いた。ちょうど連絡通路の真ん中あたりだ。

「昨日はごめ――」

その瞬間、汽笛がとどろいた。

すべてを吹き飛ばし、天を貫く勢いの轟音に、比佐子は身を固くした。

紋谷も、誰も彼も、窓の外に釘付けになり、比佐子も反射的にその視線をたどって下の方を見た。窓は大きく、前の人たちは申し合わせたように頭を低くしているから、ホームの様子が結構見える。

左のホームでは二両連結したＳＬが、真下のホームにはもう一台が、先頭を向こうにして煙を濛々《もうもう》と噴き上げている。あの汽笛は、二台がいっせいに放った発車の合図だったのだ。デパートや建ち並ぶマンションが灰色の煙にかすみ、懐かしさを漂わせる景色に変わる。黒だかりのホームもＳＬ以外はしんと静まり返っているのか、何の音も上がってこない。携帯電話やカメラを持った手を高々と上げて、映像を取る人々。肩車された子供たち。みんな息を呑《の》み、動き出すのは今か今かと黒光りした鉄の巨体に見入る。

圧倒的な力をみなぎらせて、ＳＬがゆっくりと動き始めた。長いレトロな客車もそろりと引かれ出す。並走だ。その力が大勢の人たちに波のように伝わり、緊張が解かれてゆく。ＳＬが加速する。何百、何千の目が追う。歓声が上がる。駆け出す人までいる。

比佐子は、子供のように興奮して、黙ってなどいられなかった。

「すごいね」

「うん、すげえ」

紋谷が、悪ガキの口調で答えた。二人とも、黒い煙を残して去ってゆくＳＬから目が離せない。哀愁漂う、しかし晴れやかな勇姿に、鉄道ファンでなくても涙が出そうだ。

「忘れないね、これ」

「ああ」

やがて列車が見えなくなった。名残を惜しむように、景色はまだ煙っている。お帰りの際はご注意を、とアナウンスが始まり、人々は動き出した。比佐子は興奮の余韻を鎮めるために一つ大きく息をついてから、昨日のことを心から謝った。そして出演を頼んだ。

「そう来ますか」

紋谷が目を合わせてきて、にやりと笑う。比佐子は続けた。

「こういう体験に、説明はいらないじゃん。身体が反応して、心が揺さぶられて、みんなが一瞬で結びついちゃう。この一瞬はいっときの楽しみかもしれない。けど、永遠に残って、人生がいやになっちゃった日の支えになるかもしれない。こういうのを、もう一発、お願いできませんか」

人の流れの中に、二人は動かずに立っていた。

紋谷が腕時計を見る。比佐子も携帯電話で時間を確かめる。新幹線の発車まで三分。

「持っていっただろ。ひとんちのごみ」

きれいな顔して、他に言いようはないのだろうか。でも、言葉にとげはなかった。

「捨てたくせに、また拾おうとしたんでしょ」

図星を指された貴族顔がおかしくて、比佐子は笑ってしまった。紋谷一徳のいらだちを受け止めるのも、なんだか役得に思えてきた。たぶん故郷でしか見せない姿だろうから。

連絡通路からぞろぞろと引きあげる人たちは、ＳＬの興奮さめやらぬ様子だ。紋谷を見もしない。知り合いの家族連れも何組かいて、笑顔で感想を話し合っている。

人がまばらになった連絡通路を、紋谷はスーツケースを引いて歩きだした。ほんの少しだけ右に斜めに進む。中央改札口へ戻ろうとするその気配を、比佐子は見逃さなかった。

「モーン、サンキュ！」

紋谷は振り返りもせず、中央改札口の方向へ消える。
比佐子は、紋谷を追いかけて走った。

彗星《すいせい》さんたち

伊坂幸太郎

伊坂幸太郎（いさか・こうたろう）
1971年千葉県生まれ。東北大学法学部卒業。2000年『オーデュボンの祈り』で第5回新潮ミステリー倶楽部賞を受賞し、デビュー。04年『アヒルと鴨のコインロッカー』で第25回吉川英治文学新人賞、「死神の精度」で第57回日本推理作家協会賞短編部門を受賞。08年、『ゴールデンスランバー』で第5回本屋大賞と第21回山本周五郎賞を受賞。近著に『残り全部バケーション』『ガソリン生活』『死神の浮力』など。小説に革新を起こし続ける書き手として確固たる地位を築き、熱い支持を集める人気作家の一人。

☆

新幹線E5系の薄い緑色の車体がこちらに向かってくる。

ホームの端に立ち、真正面から眺めると、新幹線の顔は、ぽっちゃりとした緑のペンギンのようだ。新幹線を迎え入れるために手を前で組み、お辞儀をする。わたしだけではない。同じチームのスタッフはみな、だ。ホームの各車両が停車する場所にそれぞれ担当者が立ち、新幹線を迎え入れる。等間隔に並び、礼をする。礼ではじまり礼で終わる。それがわたしは好きだ。


「お母さんは、一日に多くて二十回近く新幹線に乗ります。なのに、東京駅から一歩も動きません。なぜでしょう」

小学三年生になる娘の里央《りお》が前に言った。叔父の葬儀で親戚が集まった際だ。

「なぜなら、新幹線の車内を掃除する仕事をしているから」

停車した新幹線に乗り込み、車内清掃をし、新幹線が動く前に降りる。わたしの仕事はそれだった。

里央の発した答えを聞くと、みな、「あらあ」と笑った。近くにいた母だけが顔を引き攣《つ》らせていた。彼女からすると、「掃除の仕事」は好ましくない職業なのかもしれない。

母は別段、見栄を張る性格ではなかった。エリート志向でもなく、ただ、わたしも姉も子供の頃から勉強はできたものだから、期待があったのは間違いない。それが真の幸福に結びつくのかどうかはさておき、「いい大学」に入り、「いい企業」に勤め、「いい男性」と結婚するのだと想像していたのではないか。蓋を開けてみればわたしは、三十歳で離婚歴を持ち、小学三年生の娘と暮らしているのだから、母は落胆したに違いない。

二年前、「新幹線清掃の仕事をする」と話した時も、「何もそんな」と溜《た》め息を吐《つ》いた。わたしはむっとしたが、言い返すことはできなかった。子供の頃から、母や姉とは違い、自分の感情を言葉にすることが苦手だった。喋《しゃべ》ろうとすると言葉に詰まり、うまく喋れぬことで相手が苛立《いらだ》つのが分かると、余計に喋れなくなる。相手に伝えたい感情は表に出さぬほうがマシだと思っていた。曖昧な相槌《あいづち》でお茶を濁すことが多く、時に、意見を言おうとするとなぜか、まったく思ってもいないことが口から飛び出したりするから不思議なものだ。「考え」を言語化する回路がおかしいのではないか、と心配だった時期もある。

離婚した夫からの養育費だけでは生活もままならず、仕事をしようと考えた際、新幹線清掃の仕事を選んだのも、「これならば、喋らなくていいのではないか」と思ったからだった。「掃除だけをしていればいい」と。

「掃除をするだけでいいんでしょ、と思っていたら勤まらないからね」パート研修の際、わたしの考えを見透かしたかのように、主任の鶴田《つるた》さんに言われた。五十代後半の鶴田さんは中肉中背で、ぱっと見た感じではのんびりとした女性なのだが、背筋が伸び、あまり笑わないせいか、厳しい指導官のようだ。子供の頃に書道を教えてくれた先生を思い出した。

実際、新幹線清掃の仕事は、掃除をするだけではなかった。谷部《やべ》専務の言葉によればそれは、「おもてなし」であり、「快適に新幹線を利用してもらうための、サービス業務」ということらしい。

「でもようするにやることは掃除だろ」と言った五十歳の男性がいた。わたしと同時期にパート採用され、一緒に研修を受けた六郎《ろくろう》さんだ。痔《じ》がひどくなりタクシー運転手を辞めてきたんだ、と自ら話す六郎さんは、俗に言う「デリカシーに欠ける人」で、何でも思ったことは口にするタイプであり、わたしとは反対だった。あれは最初の研修の後だ。六郎さんは、「別に、お辞儀するとかしないとか、掃除と関係ないんじゃないのかね」と面倒臭そうに言った。「あんたもそう思わないかい」と急にこちらを見たため、わたしは狼狽《うろた》えた。「いえ、あの」と口ごもるだけだ。

「挨拶をしないでこそこそ車内に乗って、掃除して、またそっと出てくるなんて、何だか悪いことしてるみたいでしょ」鶴田さんは笑いもせず、言った。

「掃除なんてそんなものなんじゃないの？」

鶴田さんはかぶりを振った。「あのね、掃除っていうのは、人間の生活には必要不可欠なんだから。ほら、六郎さんは、綺麗《きれい》な新幹線と、汚い新幹線があったら、どっちに乗る？」

「まあ、そりゃ綺麗なほうだね」

「でしょ。みんなそのほうが気持ちいいし。それにね、物を綺麗にするのって大変なことなんだから。汚くするのは簡単。そのまま生きていればいいだけ。努力しなくても、汚くなるし、荒れていくわけ。綺麗な場所は、そこを誰かが綺麗にしたからなんだよ。だからって威張る必要はないけど、こそこそしないで、これから新幹線に乗る人たちに、『今、綺麗にしていますよ』って見てもらうのは大事なことだと思わない。手を抜いてはいませんよ、って分かってもらえるように」

「少しくらいの手抜きは必要だと思うけれど」

鶴田さんはそこで顔を引き締めた。「ねえ、こういう言葉知ってる？」

「どういう」

「『常にベストをつくせ。見る人は見ている』って」

急に飛び出してきた勇ましい言葉に、わたしはぎょっとせざるを得ないが、六郎さんも竹刀《しない》を突き付けられたかのように、びくっとなった。

「これね、パウエル国務長官の言葉」鶴田さんは少し顔の強張《こわば》りを緩めた。

アメリカのブッシュ大統領の任期中、よくテレビに映っていたパウエルさんのことは、わたしも知っていた。もちろん、面識があるとか、知己であるというのではなく、ただ、「顔をテレビで観て、知っている」だけなのだが、そのパウエルさんの心得の本を、鶴田さんが愛読しているのは、後になって分かった。

「ベストをつくせ、見る人は見ている、と言われてもなあ」六郎さんは嘆いた。「誰が俺の頑張りを見てるんだよ」

「いつか誰かが見てくれるかもなんだから」鶴田さんは言った。「だから、お辞儀もちゃんとやろうよ。六郎さん」

二村《にむら》さん、慣れてきた？　と鶴田さんが声をかけてきたのは、わたしが仕事をはじめて十日くらい経《た》った頃、ベビー休憩室で作業をしていた時だ。

「いえ、あの」とわたしはもじもじと答える。それなりに慣れてきましたが、まだまだです。内心ではそう答えられる。ただ、言葉には出せない。

「二村さん、娘さんいるんだよね？」と話題を向けられ、わたしは、娘を小学校に送り出した後で、自転車と電車を乗り継ぎ、東京駅のこの職場に駆け込んでくることを説明した。要領を得ない話にも鶴田さんは不快な顔を見せなかったのが、ありがたかった。話の流れで、離婚して一人で娘を育てていることも話した。

「大変だねえ、二村さんも」それが果たして、通勤のことを指しているのか、離婚のことを言っているのかは分からなかった。

「いえ、でも、それくらいのことはみんなやっていますし」謙遜ではない。保育園と職場を行ったり来たりし、仕事のストレスに耐えながら、満身創痍《そうい》で子育てをしている親は多いだろうし、何らかの事情で配偶者なしで生活している人もいるはずで、わたしは決して、特別に大変なわけではなかった。そのことを話すと鶴田さんは、「もっと大変な人がいるから、なんて思ったら駄目だよ。そんなこと言ったら、どんな人だって、『海外で飢餓で苦しむ人に比べたら、まだまだ』なんてなっちゃうんだから」とうなずく。

「そういうものですか」

「あ、でも、あれね、気をつけなくちゃいけないのは、『わたしが一番大変』って思っちゃうことね。『わたしだけが大変』とか」

「ああ、はい」それは分かるような気がした。「何番目くらいだといいんでしょうか」思わず、訊《たず》ねた。

鶴田さんは少し首を傾《かし》げてから、「千番目くらい？」と言った。表情は真面目《まじめ》で、冗談なのかどうかはっきりしない。とりあえず、「意外に上位ですね」とうなずいた。

「まあ、それくらいの気持ちでいいんじゃないの」

その後でわたしは、自分がこの仕事をうまくできるかどうか心配だ、と打ち明けた。人とコミュニケーションを取るのが苦手で、実は、ここの仕事も、「ただ、掃除をすればいい」と思っていたところもあるのだ、と。

「二村さん、この仕事って結局、一言で言うと、何だか分かる？」

一言？　掃除をする、って意味じゃなくて？　おもてなし？　と解答に悩む。

「ちゃんとする、ってことなんだよね」鶴田さんはやはり、習いものの先生に似ており、「書道の基本は、とめる、はねる、はらう、なんですよ」と言うかのように、言った。

「ちゃんと？」

「掃除するってこと自体が、ほら、ちゃんとするようなものでしょ。整理整頓ってこともあるし。新幹線が来る時にお辞儀をするのも、終わった後に、礼をするのも、みんな、ちゃんとする、ちゃんとやろう、ということだしね。決められた時間の中で、できることをちゃんとやる。そういう仕事なの。たぶん、二村さんは今まで、ちゃんとやってきた人のように見えるから」

「ああ、はい」ぼんやりと答えてしまったが、わたしは内心では、それなら、と思った。それならできるかも、と。他者に説明やアピール、言い訳をしなくても、ただ、やるべきことをちゃんとやればいい。わたしにはむしろ得意なことだ。

　真面目に勉強をし、学生になって年上の恋人ができ、予定していたわけではなく妊娠してしまったが、妊娠したからには産んで育てることが、「ちゃんとしている」と思い、だからわたしは退学し、結婚し、子育てをはじめた。周りからは、「ちゃんとしていない」と思われることは想像できたが、そうすることしかできなかった。

さらに鶴田さんが、「二村さん、この仕事ね、一ヶ月で半分くらいの人は辞めちゃうの」と言った。「一年で二割くらい、残るのは。でもね、谷部さんとかがよく言うんだけれど、この会社を支えているのはその残った二割の人たちなんだって」

「あ、はい」

「二割しか残らないけれど、残った二割は頼りになるの」

「あ、はい」とわたしはまた、ぼんやりと答えたが、「頼りになる」という言葉に力強さを感じ、胸の奥で小さな光の粒が膨らむような感覚になっていた。その光の正体は見当がついた。「そういう人になりたい」という願いだ。

頼りになる人間になりたい、と思った。が、口から出たのは、「頼ってくれていいぞ、と言われたことはあるんですが」という、ずれた返事だった。

「誰に？」

「離婚した夫です」妊娠した際、年上の彼は、「頼りにしてくれていい。結婚しよう」と言った。嘘《うそ》をつくつもりも、その場しのぎをするつもりでもなく、おそらくその時の彼は、本心から言ったのだろう。ただ彼には、「凛々《りり》しく、男らしい対応」を好む傾向があった。そして、きりっとした決断をしたその瞬間は満足しても、その状態を継続することに喜びは見出せなかった。「結婚しよう」と発言することは凛々しいが、地味な大変さの続く、結婚生活と子育てには、凜々しさはない。

「いろいろあるわねえ。世界ランキング千位ともなると」鶴田さんはからかうでもなく、真顔で言った。

鶴田さんが倒れたのは昨晩だったらしい。朝、いつも通り、東京駅の事務所に出勤し、チーム別の作業指示表を受け取り、ミーティングとなった際、いつもであれば輪の中心にいるはずの鶴田さんの姿がなかった。

所長の垣崎《かきざき》さんがやってきて、「鶴田さん、昨日、倒れちゃったらしい」と言った。背筋が伸び、てきぱきと動く垣崎さんは、谷部専務の右腕とも言える存在で、スポーツチームを指揮するコーチのようでもある。「今日は、私もサポートするので」

「風邪《かぜ》ですか？」と訊《たず》ねたのは、鶴田さんよりも年上、六十歳の笹熊《ささくま》さんだ。苗字に笹と熊の組み合わせがあるから、というわけではないだろうが、少し小太りで、いつもにこやかな丸顔はパンダのようで、書道の先生じみた鶴田さんとは反対の、朗らかでおしゃべり好きな女性だった。還暦を前にし、夫を亡くしたのをきっかけにパートに出たという。「鶴ちゃん、昨日の帰りは元気そうだったけれど」

「詳しくは分からないんだが、脳溢血《いっけつ》のようなものらしい。倒れてそのまま運び込まれた」垣崎さんが答える。

　脳溢血という言葉は、重苦しい響きを伴っており、わたしはもちろん、他の全員も一瞬、言葉に詰まる。

「鶴田さんって、一人暮らしでしたよね」言ったのは、背の高い市川《いちかわ》君だ。わたしよりも年下の二十代で、色白でいつも背筋が曲がっている。入ってきたばかりの時は、ほとんど喋らず、常に人に背を向け、爪を噛《か》んでいるような青年だったが、最近は、喋るようになってきた。自分の好きな話になると饒舌《じょうぜつ》になる性格なのもばれてきた。

「たまたま、ご近所の人が訪問していた時だったらしいんだ。だから、すぐに病院に運ばれたようだけれど」

「じゃあ、無事なのかい」六郎さんが訊ねる。はじめは文句が多く、仕事を楽することばかり考えていたものだから、わたしはてっきり、六郎さんはすぐに辞めるだろうと思っていたが、蓋を開ければ、「頼られる二割」に残っていた。わたしの人を見る目もその程度だ。

「まだ、意識不明らしい」垣崎さんはその時だけ、少し声の調子を落とした。

「え」四十代後半の、数ヶ月前からパートで働きはじめた三津子《みつこ》さんが口に手をやる。

「脳溢血」なる単語も重いが、「意識不明」も重く感じられる。しばらく、わたししたちはしんとなった。

「でも、とにかく」笹熊さんが自らに言い聞かせるように、うんうん、と首を縦に揺すりながら言った。「みんなで今日も、がんばりましょう」

☆

到着した新幹線が扉を開く。わたしはその二号車の降り口ホームに立ち、乗客が次々と降りてくるのを待つ。ビニール袋を広げ、ごみを回収する。気付かずに通り過ぎる人もいれば、ペーパーカップを投げるようにする人もいる。「どうもありがとう」と言い、雑誌を入れる人もいる。乱暴にごみを捨てた人が、次の時には、優しく挨拶をしてくれることもある。さまざまな人がいて、さまざまな暮らしがあるし、それぞれの人にもさまざまな時期がある。

「おもてなしをする、という意味では、ディズニーリゾートのようなテーマパークも似ているけれど、そことうちの仕事とは、何が違うと思う?」以前、谷部専務が言っていた。

「ああ、分かったぞ」六郎さんは、クイズに答えるようだった。「あっちは乗り物がたくさんあるけれど、こっちは新幹線しかない」

「違う」谷部専務は手を振る。

「こっちは酔っ払いがいる」と手を挙げた三津子さんは、その数日前に車両清掃中に、酩酊《めいてい》した乗客に絡まれて、大変な目に遭ったばかりだった。ほとんど抱きつく形で寄りかかってきたらしく、体を硬直させるほかなかったという。清掃のチェック、後検《あとけん》で通りかかった鶴田さんが気付き、慌てて、引き剥《は》がした。

スタッフルームに帰ってきてから三津子さんは、「鶴田さんが落ち着いて、対処してくれたから助かりました」と感謝していた。鶴田さんは苦笑しながら、「わたしも昔、新幹線で痴漢に遭ったことがあるんだよね」と話した。

「あらら、鶴ちゃんにそんなことが」と笹熊さんが大袈裟《おおげさ》に驚いた。「その時、どうしたのよ」

「通路挟んで反対側の男の人が助けてくれたんだよね。ほら、カンフーみたいな感じで、あちょー、って」鶴田さんは真面目な顔で言う。

あちょー、はさすがに嘘ですよね、とわたしは思ったが口には出せない。かわりに、別のスタッフが、「あちょー、はさすがに嘘ですよね？　鶴田さん」と言った。

話が逸《そ》れた。谷部専務の話だ。

「ディズニーリゾートとの違いは」と言い、次のように説明してくれた。

テーマパークに来る利用客の大半は、「楽しむためにそこへ」来ている。感動を求め、日々の嫌なことを忘れ、楽しい時間を過ごすために訪れている。

それに比べて、新幹線は違う。

利用客は楽しい気分の人ばかりではない。大事な人を亡くし、新幹線に飛び乗った人もいるだろうし、大学受験や就職活動のための乗客もいる。仕事の失敗で地方へ謝罪に行く営業マンもいれば、はじめての新幹線に興奮する子供もいるだろう。

つまり、感動を押し付け、楽しみを提供することが良いこととは限らない。

谷部専務の話を聞き、わたしたちは、なるほどそういうことか、それはそうですね、と納得する思いだったが、「では、それを踏まえてわたしたちの仕事はどうやるのが適切なのだろうか」と疑問は湧いた。

谷部専務は、「いや、別にどうもしなくてもいい。いつも通り、ちゃんとやるしかないからね」と答えた。

わたしは二号車を端から掃除していく。頭で考えている暇はなく、次々と作業をこなす。

このE5系〈はやて〉は折り返し運転をし、新青森へ向かう。到着後、十二分で出発だ。

到着した客が降車するのに二分、乗るのに三分を見積もるため、清掃時間はそれを引いた、七分間だ。よく行くベーカリーの若い店員さんが教えてくれた豆知識に従えば、「ラブ・ミー・テンダー」を七回分というわけだ。

七分の間に、一人一両の割り当てで掃除を行う。グリーン車両は三名、そのほかにトイレを担当するスタッフがいて、一斉に作業を進める。

「家事に比べれば夢のようだね」笹熊さんが以前、言った。「家事はさ、どんなにやることが山積みでも結局、わたしがやるしかないからね。うんざりだけど、どうにもならない。でも、ここだとみんなが分担してくれるでしょ」

その気持ちは、わたしにもよく分かった。子供を起こし、着替えさせ、朝食の準備をし、登校準備を促し、送り出す。掃除機をかけ、食器を洗い、洗濯をし、浴槽を洗い、食材を買いに出かけ、娘を風呂に入れ、話相手になり、寝かしつけ、「テレビを観すぎないように」「宿題をやりなさい」と口を酸っぱくして言い、学校からのプリントに目を通し、他の保護者と連絡を取り、体操服に名前を縫う。毎日がとにかく、

「やらなくてはならない作業」で溢れ返る。日々、次々とモンスターが襲ってきて、それを追い払っているうちに日が暮れる。娘の寝顔を見て、「もっと優しくしてあげれば良かった」と後悔に駆られる。明日はもっといい母親であろう、と自らに言い聞かせるが、明日になればまた、家事と仕事のモンスター退治で、てんやわんやとなる。

わたしがあと一人いれば。そう思うことは多かった。限られた時間で、仕事を分担できれば。

新幹線清掃はそれができている。みんなで同時に、分担作業だ。

わたしは二十五メートルの車両の通路を端から進み、ごみを回収していく。作業をしながら、ひとつ先の列に目をやる。背もたれのネットの中は、少し離れたところからのほうが確認しやすいのだと習ったが、実際、その通りだ。ごみの回収が終われば、座席回りの拭き掃除を行う。座席のテーブルを開き、拭き、また背もたれに戻す。ひじ掛けを拭き、窓横のスペースも拭く。

それを二十列、百席について行う。

拭き掃除が終わったところで、モップを使い、今度は床を綺麗にする。

「大きい竜をみんなで掃除をしている気分になりますよね」市川君に言われたことが

ある。普段、爪を齧《かじ》り、もじもじとしているばかりの彼が喋りかけてきたことが意外であったし、どうしてわたしに話してきたのかと驚いたが、ようするに、一番近くにいたのがわたしだった、ということ以外に理由はなさそうだった。市川君は、漫画なのか映画なのか、それとも小説なのかもしれないけれど、家ではそういった創作をしているらしい。そのことと関係があるのかないのか、「大きい竜」「ドラゴン」と発音する時はどこか興奮気味だった。「新幹線って、竜みたいじゃないですか。胴体が長くて。で、みんなで、こう分担して体をごしごし洗っている感覚ですよ」

そう思うと何かいいことがあるのだろうか、とわたしは疑問を感じながらも、「うんうん」と当たり障りのない相槌を打っていたのだが、すると市川君はさらに話を続けた。「あ、でも、僕たちの仕事って車両の中を掃除するから、竜の体の中を掃除する感じですよね。内臓というか」

「ああ、うんうん」

「そう考えると、トイレ掃除も気合い入ってきますよね。竜のフンだと思えば」

「うんうん」

竜の体の中を行ったり来たりか、と思いながらわたしはモップを動かす。それを終えると車両上部、荷物置きをチェックする。

最前列の三列シートのところ、座席と座席の間のところに赤色のものが目に入った。あ、と手を入れ、引っ張り出す。小さな靴下だ。

薄い赤色に白い線が三本入っている。市販のものには見えず、手作りしたものなのかもしれない。一般的な子供用よりもさらに小さい。一歳から二歳の、赤色から想像するに女の子だろうか。子供は暑いといつの間にか靴下を脱ぐことがある。里央もよく、片方だけ裸足《はだし》、といった恰好《かっこう》をしていた。

☆

清掃が終われば、最後のお辞儀だ。カーテンコールのような大仰なものではないが、新幹線を背にスタッフが並び、礼をする。

そのお辞儀に気付く人もいれば、気付かない人もいる。わたしたちの仕事は目立つ必要はなく、かと言って、こそこそする必要もなく、ただ、やることをちゃんとやるだけ、鶴田さんが言っていた通りだ。

次の担当車両が来るまでは、時間があるため、わたしたちはみなで並んでホームを進み、階段を下り、スタッフルームに戻る。

途中で、階段を上がってくる女性とすれ違ったが、彼女の抱える子供の足元に気付いたのは偶然だった。視線を横にやった際にたまたま目に入ったのだ。右足は裸足であったが、左は赤い靴下で包まれている。

「あ」わたしはとっさに呼び止めた。

相手が立ち止まる。「はい？」と顔をしかめていた。肌のたるみがなく、張りがあるため年齢は若いのかもしれないが、やつれているように見えた。抱きかかえた子供は二歳くらいだろう。ちょうどこの年齢の子供は我儘《わがまま》盛りな上に、説得も交渉も効かないため、親はとにかく、ぼろぼろとなりながら、子供が成長することを待つほかない。わたしは数年前の自分を見ているような気分になる。

「あの、これ」わたしは用具入れの中、遺失物を収納したビニールから、靴下を取り出す。

「ああ」女性は強張った顔を緩めた。

「車内に落ちていて」抱きかかえられた女の子の足に、わたしはその靴下をあてがうようにした。間違いなく、この子のものだろう。

「ありがとうございます」と彼女は言う。わたしが足にそれを履かせると、「これ、お姑《しゅうとめ》さんが作ってくれた靴下で」と話をしてきた。「なくしたら、怒られちゃったので、助かりました」軽口のようではあったが、実感がこもっている。

「ああ」わたしの元夫はすでに母親を亡くしていたため、嫁姑の問題に悩まされることはなかったものの、大変さは想像できた。

「駅のスタッフさんなんですか」彼女は、わたしの恰好を上から下に確認する。

「ああ、はい。あ、いいえ。新幹線の車内清掃」わたしはたどたどしく、答えた。

わたしたちの制服は、ぱっと見では、「掃除の人」とは分かりにくい。以前はその反対で、ぱっと見ただけで、「ああ、掃除のおばちゃんね」と分かるかのような、色のぼんやりした服装にバケツとモップ、という恰好だったらしいが、谷部専務がこの会社に来て改革を行った際に、まず真っ先にそれを替えたらしい。今は、白のシャツに黒のパンツ、キャップ帽を被《かぶ》っている。赤のウェストバッグをつけ、用具入れもコンパクトになり、バケツも持ち歩かない。

「それ、可愛いですよね」彼女が指差したのは、わたしの頭部だった。キャップ帽の横に、大きな花がついている。今の季節は、ハイビスカスの花だ。

「ああ、はい。季節で変わります」

「何だか楽しそうですね」

「あ、いえ、はい」しどろもどろにわたしは答える。

スプーンひとさじの砂糖、その言葉を反射的に思い出した。パートで働きはじめたばかりの頃、スタッフルームに忘れ物を取りに戻ると、鶴田さんが一人で最後の片づけをしており、鼻歌を口ずさむようにしていた時があった。ふざけたところのない鶴田さんが可愛《かわい》らしく歌うのは新鮮で、新鮮な上に気まずさもあり、聴いてはいけなかったのではないかと思ったわたしは息を潜め、ばれぬようにそのまま、外に出た。

聞こえてきた歌詞を頼りに、あとで調べると、そんなことを調べるわたしもわたしだとは思うのだが、それが、映画「メリー・ポピンズ」の歌だったことは分かった。「ちょっと砂糖があるだけで、苦い薬も飲めるのよ。どんな花にも蜜がある、楽しみ方を見つければ、つらい仕事も楽しくなるの」と、そういった内容だ。

それを聞いてわたしは、「ここの仕事もそれと似ているな」と思った。キャップ帽に花をつけるのも、みなでアイディアを出して、ベビー休憩室にグッズを並べるのも、本来の目的は、「利用する人の快適さ」のためだけれど、わたしたちもそれに楽しみを感じ、だから仕事が続けられる。

いつもしっかりと仕事をこなし、頼りになる鶴田さんも、「スプーンひとさじの砂糖」を見つけながら頑張っているのだろうか、と意外に感じた。

「いつもありがとうございます」子供を抱えた彼女が言う。どこか具合が悪いのか、顔色は良くない。

階段を下りる途中で、スタッフ専用の出入口があるため、わたしはそこで、その母子と別れ、スタッフルームに戻った。

スタッフルームはホームの下に位置する、細長い部屋だ。線路沿いに設置されており、各部屋をチームごとに使用する。通路を歩いている際に頭の斜め上の線路を、新幹線の車輪が通っていくのは、いつ見ても不思議な光景だ。一段下がっただけの場所であるのに、どこか秘密の通路じみた印象がある。担当車両の清掃が終わると、その部屋に戻り、次の新幹線が来るのを待つ。一日の作業が終わるまでそことホームを行き来するわけだ。

スタッフルームには大きなテーブルがいくつか並んでおり、決められた場所に座る。小学校の班のようではあるが、毎回、席は変わる。仲良しグループだけで集まり、固定化しないように、という配慮らしい。子供の頃からいつも同級生の輪に入れず、隅で読書に耽《ふけ》っていたわたしからすればそれは、ありがたさ半分、重圧半分といったシステムではあったが、時間が経過するうちに、みなが話しかけてくれ、馴染《なじ》むことができた。

「今の新幹線に」わたしの前に座るのは三津子さんだったが、その彼女が口を開いた。

「小学生の姉妹が車両に残っていてね」

☆

先ほどの新幹線で、三津子さんが担当したのは、わたしの清掃した車両の隣、三号車だった。乗客が降りるのを待ち、三津子さんが車両に乗り込み、清掃をはじめていくと三列シートのところに、女の子が二人寝ていたのだという。

東京駅に到着したにもかかわらず、寝たまま降りそびれる乗客は少なくないが、子供二人だけとなるとさすがに三津子さんも驚き、慌てて、揺り動かして起こした。

着ている服はさほど垢《あか》抜けておらず、地味で、古臭く感じられた。お揃《そろ》いの服であるから姉妹だろうと想像がつく。

姉のほうが先に目を覚まし、すっくと体を起こすと顔を右へ左へと振って、「あ、東京?」と声を出した。そして体を捻《ひね》り、妹のほうを揺する。

「お母さんとかは一緒じゃないの?」親はもう降りてしまったのだろうか、どういうことか、と三津子さんは心配した。

「ううん、今日は二人だけで東京に来たから」

「二人きりで？」子供だけの旅行も珍しくはない。が、三津子さんはその姉妹が気になったのだという。

だって、何か本当に、地方から着の身着のまま飛び出してきました、って感じだったから。

そしてその姉の説明は、「お父さんがこっちにいるって言うから、探しに行こう、って。お母さん、病院にいるし」と、ますます三津子さんを心配にさせるものだった。

「まさか、内緒で来たの？」三津子さんの問いかけに、その姉のほうはこくりとうなずいた。

「切符は？」

「買ったよ。お小遣いあるから。お年玉」

「二人で大丈夫なの？　お父さん、探すと言っても、東京は広いから」

姉のほうは顔を引き締める。「大丈夫、何とかなるんだから」

「お父さんが好きなんだね」と声をかけると、姉のほうはかぶりを振り、「すぐ叩《たた》いたりするし、怖いし、勝手だから嫌い」と答え、三津子さんをまた絶句させたという。

でも、お父さんいないと困るから。姉は言ったらしい。「ねえ、大丈夫だよね？」と今度は、少し縋《すが》るような言い方をしてきた。気付いた時には三津子さんは、「そうね。きっと、大丈夫よね」と励ましていた。

だってそう言ってあげるしかないような気がして。

三津子さんは姉妹に向かい、「あのね、どんなことも、思っているほどは悪くないんだってよ」と言った。

「え」姉のほうがぼんやりと答えた。

「次の日には、少しは物事が良くなってるの」

それ、鶴田さんから教わった言葉なんだよね。

三津子さんはわたしの目を見ながら、なぜなら彼女の真正面に座っているのがわたしだからなのだけれど、言った。

どんなことも思ったほどは悪くない。翌朝になれば改善されている。

「もともとは、ほら、何とか国務長官の言葉みたいだけど」

「パウエル国務長官な」六郎さんが即答した。

「あら、六郎さんもよく知ってるね」

「だって、鶴ちゃん、あの本、好きだから。俺にも、読め読めって薦めてきたよ」

「わたしなんて」三津子さんも苦笑する。「結局、本買っちゃった」

わたしは意識不明の状態にあるだろう鶴田さんのことを想像し、実感が湧かないも

の の、寂しい気持ちに駆られる。他のスタッフも同じなのか、みな、神妙な顔つきになった。

スタッフルームに星山《ほしやま》さんが入ってきたのはその時だ。

「あ、六郎さん、さっきの人ですけど」

星山さんは、コメットスーパーバイザーの一人だ。わたしたち清掃担当と違い、利用客の案内やコンコースの清掃などを担当する役割で、服装も少し違っている。別段、どちらが偉いわけでもなく、単に、同じスタッフが順繰りに、清掃担当とコメットスーパーバイザーを受け持っていくのだが、そもそも、英語の「コメット」とは「彗星」のこと、いわゆる「ほうき星」のことで、「箒《ほうき》」と関連があるのだから、清掃をするわたしたち全員が、コメットさんとも言えた。

「おお、星山さん、どうだった」六郎さんが手を振る。

背筋が伸び、色白で、目の大きな星山さんは、四十代とはいえモデルのようでもあって、六郎さんをはじめ、男性スタッフからいつも、きらきらとした視線を向けられている。同い年の旦那さんと二人で暮らしているらしい。性格はさばさばし、女性陣からも好感を持たれていた。

「何だか大変だったの。少し言い合いになって」

☆

もともとは六郎さんが遭遇した出来事だという。六号車のドアで乗客が降りるのを、ごみ袋を広げながら待っていたところ、最後の最後に女性二人がばたばたと出てきた。「ありゃ、三十半ばと二十代後半ってところだったな」と六郎さんは、自分の鑑識眼を誇るかのようにわたしたちに話した。

六郎さんが清掃のために車内に入ろうとしたところ、降りたばかりの若いほうの女性が急に踵《きびす》を返し、「やっぱり帰らないと」と新幹線に足を踏み出したものだから、六郎さんの体とぶつかったらしい。

六郎さんは弾《はじ》き飛ばされる形でバランスを崩し、倒れかけたがどうにか体勢を立て直した。女のほうは靴が脱げた。「痛い」と呻《うめ》く。六郎さんはとっさに、「申し訳ありません」と頭を下げた。まあ、そのへんはね、俺もタクシーやってたから知ってんだけど、とにかく、客商売は頭下げてないと駄目だから。

年上の女性のほうがすぐに、「いえ、こちらがぶつかっただけなので」と謝り、「ほら、この新幹線に乗ったって駄目なんだから」と年下のほうの女性を引っ張った。

「何で？　この新幹線、折り返すんでしょ」年下の女性のほうは言った。「東京までの切符しか持ってないんだから、乗ったって駄目だよ。ほら、いいから、帰ったら元も子もないんだし」腕を無理やり引っ張る女性は眉間に皺《しわ》を寄せていた。

どうしたものか、と六郎さんが戸惑っていると、そこにちょうど老夫婦をホームまで案内しに来ていた星山さんが、通りかかった。「ちょっと、この人たちをお願い」と六郎さんは頼み、清掃に取り掛かった。もともとコメットさんなる係ができたのは、清掃担当者が、困っている乗客に対応する余裕がないため、別働隊として期待されたからだ、と聞いたことがある。

そして今、星山さんは、六郎さんにその後の顚末《てんまつ》を話に来たらしい。

「あれってどうも、お姉さんが、妹さんを無理やり東京に引っ張ってきたみたいでしたよ」

まわりにいるわたしたちも自然、それを聞くことになった。

「無理やり？」

「あのお姉さんも、妹さんを助けようとしていたからこそ、連れてきたみたいで」

「星山さん、それ、どういうことっすか」市川君が訊ねる。

「わたしもやり取りから想像しただけなんだけどね、あの妹さんは東北のどこかに住んでいるみたいなの。ただ、その旦那さんが暴力振るうのか、何なのか、とにかくひどいらしくて」

「あらあ」何人かの嘆きが重なった。

妹を避難させるために、お姉さんが新幹線で連れてきた。そういうことのようだ。ただ、東京駅に着いた途端、妹は、夫の恐ろしさを思い出し、「このままでは夫に怒られてしまう」と怖くなった。だから、すぐに戻らなくては、と慌てたのだ。我に返った、というよりも、洗脳の呪いが蘇《よみがえ》った、というべきか。

お姉ちゃんは、わたしに構わないでいいから。もうわたしだって子供なわけじゃないんだし、放っておいてくれていいから。

妹は、星山さんがいる前で、そう訴えたのだという。

「お姉さんが親がわりだったんですかね」星山さんは話す。

「そのお姉さん、どんな感じだったの？　怒ってるの？　呆《あき》れてた？」笹熊さんは興味津々という様子でもないのだろうが、質問する。

「悲しそうでしたけど、慣れているというか」星山さんはゆっくりまばたきをした。

「とにかく、一生懸命でしたよ。ＤＶ旦那のもとに帰すわけにはいかない、って。わたし、そのお姉さんに同情しちゃいました」

妹は、その姉に向かい、「お姉ちゃんは、わたしにいろいろ命令するけれど、婚約者にもふられちゃったりして、駄目じゃないの」と甲高い声でなじったらしいが、それにしても、星山さんには、「妹のことで、破談になったのではないか」と思えたそうだ。

「お姉さんのほうも一瞬、明らかに何か言いかけたけれど、こらえていて。偉いなあ、と感心しちゃった」星山さんは言う。

「で、結局どうなったの」

「お姉さんが必死に説得して、引っ張っていきました」

「大変だねえ」三津子さんが腕を組んだまま、嘆いた。「これからどうするんだろうね、いったい」

スタッフルームから出て行こうとした星山さんが、途中で、「あ、そういえば」と思い出したかのように振り返った。「あの、今、どこかで、化石とかそういうのの展示会ってやってます?」

どうしたのかと思えば、先ほどホームから改札まで案内した婦人たちに、「『人類の起源展』を観に行くにはどこに行けばいいのか」と訊ねられたのだという。

「起源展？　そんなのあったっけ」笹熊さんがみなの顔を見る。

「何とか美術館展とかじゃなくて？」三津子さんが言った。「ほら、『ヴィーナスの誕生』とかいう絵が来てたやつ」

「ああ、それ、観に行きましたよ」市川君が答える。「初めて来日した名画ですよね」

「来日って、別に、絵が自分で歩いてきたんじゃないだろうに」六郎さんの言葉を聞きながらわたしは、そういった絵を誰かが、「ちゃんと」運んでくるのだな、とぼんやりと思った。

「ううん、ヴィーナスは関係なくて。美術館じゃなくて、博物館の」星山さんが笑う。

「人類の起源って、類人猿とか」

「あ、クロマニョン人とかのですか」市川君が声を上げた。「原始人というんですかね、その化石とかの？」

「そうそう」

「あ、それなら上野だったかな。さっきの一号車で、床にチラシが落ちていました。忘れ物なのかどうか分からないんですけど、一応、拾って、しまってあるんですけど」

「ごみなのか落し物なのか判断つかないものが、一番困るよな」六郎さんが嘆く。

「前から、鶴ちゃんがよく言ってたけどよ」

「鶴田さんの状態、どんな感じなんですか」コメットの星山さんが気にかけてくる。

「どうだろうねえ」笹熊さんが唇を結ぶ。「早く帰ってきてくれないと、困っちゃうんだけど」

「鶴ちゃんいないと、引き締まらないもんな」六郎さんが言うと、みなが、うんうん、とうなずいた。

「わたし、この仕事に入った時、鶴田さんにいろいろ教えてもらって、今も大事にしている言葉があるんですけど」星山さんがおもむろに言った。『大事なのは、冷静でいることと親切でいることとよ』って」

「いつもしっかりしている星山さんには、余計なお世話だけどなあ」

「それ、逆です。わたし、それを聞いて、意識するようになったんです。冷静であれ、親切であれ、って」

するとそこで、「ああ」と三津子さんが声を出した。「それも、パウエル国務長官の言葉だよね」

「え、そうなんすか」市川君がのけぞる。

「そうそう。鶴田さんご推薦の、パウエル国務長官の心得に載っていたよ」

「鶴田さん、影響受けすぎだなあ。そこまでパウエルさんが好きなら」六郎さんが言った。「結婚しちゃえばいいのに」

みなが明るく笑う。

「でも、パウエルさんってすでに結婚してるんじゃないですか」と誰かが言い、「不倫はまずいなあ」と別の誰かが返し、それからわたしはふと、「鶴田さんって結婚しているのかな」と思った。

星山さんも、わたしと同じことを思ったのだろうか、「考えてみたら、鶴田さんのことを何も知らないんですよねえ、わたし」と言った。

☆

わたしたちはテーブルを囲み、折り紙飾りを作りはじめた。ベビー休憩室の壁の飾りを替えるため、この空いている時間を利用して、みなで作るのだ。黙々と手作業を続けている中、「そういえば、さっき、ちょっといい話を聞きましたよ」と男性の、低い声が聞こえた。八木《やぎ》さんだ。五十代で、孫もいるらしい。白髪を横分けにし、背筋が伸びた立ち姿は、高級料理店の給仕や、執事のように見える。

「いい話？　何？　聞きたいねえ」笹熊さんが大きな声で訊《き》き返した。

「私、八号車のところで新幹線を待っていたんですけどね」

八木さんがホームに着き、Ｅ５系〈はやて〉を待とうとしたところ、青年に呼び止められた。「グリーン車ってどっちでしたっけ」と少し流行遅れのシャツを着た男は言う。

まだ幼さが残るから、二十歳くらいじゃないですかね。

グリーン車は隣の九号車です。と八木さんは持ち前の礼儀正しさで、答えた。

聞いた六郎さんが、「はたちで、グリーン車かい、それはまた贅沢《ぜいたく》だねえ」と口を挟んできた。八木さんとは同世代であるからか、二人の会話にはいつも友達との雑談を愉しむような雰囲気がある。がさつで、いい加減そうな六郎さんと、正装が似合いそうな八木さんとではタイプが違うが、それがまた、同級生同士のようでもあった。

「グリーン車で伯母が来るんですよ」とその若者は説明をしたらしい。身分不相応の自分が乗るわけではないのですよ、と言い訳するつもりだったのだろう。

「伯母さんですか」

若者は目を細め、「ええ、僕にとっては親よりも大事な」とうなずく。その屈託のない、さわやかな態度に八木さんは少し圧倒されたが、「親よりも大事、というのはすごいですね」と相槌を打った。

「うちの母はいろいろ脆《もろ》くて」若者は年の割にはずいぶん大人びて、言葉の使い方も落ち着いていた。

「脆くて？　身体が弱いんですか」

「心が、ですかね。弱くて、何もできなくて、子育てを放棄しているようなタイプで」そのため彼は、児童相談所や施設を行き来する生活だったらしいのだが、何かあるたびに伯母が親代わりになってくれたのだという。

「僕の父親がまた、ひどい男で、とっくに離婚しているのに、母に付き纏《まと》ってきて。それもあって母は調子を崩していたんですよ。でもそういう時も、伯母が立ち向かってくれて。ほら何と言うんですかね、義経《よしつね》を守る弁慶《べんけい》じゃないですけど」

「立ち往生？」

「矢面に立つ？　ちょっと違いますかね。盾になってくれたんですよ。伯母がいなかったら、僕はまともに育っちゃいません」

それは素晴らしい伯母さんですね、と八木さんは返事をした。話を合わせたところもあったが、実際に、感心してもいた。

「ここ数年、伯母は、親の介護でずっと、八戸《はちのへ》にいて。あ、親っていうのは、僕の母や伯母にとっての親ってことで、僕にとっては祖父になるんですけど」

「ああ、なるほど、そうなんですか」としか八木さんも言いようがなかったが、若者は、「久しぶりに伯母が東京に戻ってくるんですよ」と嬉《うれ》しそうだった。

どうやらあの若者は、初任給でグリーン車のチケットを購入し、伯母に送ったみたいですね。八木さんは、わたしたちにそう話した。「あの彼は、『いつも、誰かのためにばかり生きている伯母に、少しでもいいからゆっくりしてもらいたくて』と言っていました」

そいつは確かにいい話じゃないか、と六郎さんは言った。「いいなあ、八木君はそんないい話に会って。俺なんてほら、女の人にぶつかられて謝っただけだし。次は俺も負けないぞ」と妙なことを言い、他のスタッフに、「そんなこと競ってどうするの」と言われた。

新幹線がホームに入り、停止した後、乗客が降りるのを待っていた八木さんは、一両先のグリーン車が気にかかった。その若者がね、本当にそわそわしていて、恋人を待つようでしたよ、と魅惑の低音で描写されると、わたしたちはドラマのナレーションを聴いているかのような気持ちになった。

やがてグリーン車両から小柄な女性が下りてきた。若者は照れ臭そうでありつつも顔を綻ばせ、「やあ」と言った具合に手を挙げた。

「八木さん、その伯母さんはどんな表情していたんですか？」わたしの前に座る三津子さんが大きな声で訊ねた。

「私のところからは背中しか見えなかったですけれど」八木さんが答えた。「嬉しかったんじゃないですかねえ」

だよねえ、そりゃ。わたしなんて甥《おい》どころか孫にも蹴飛ばされてるって言うのに、と笹熊さんの豪快な笑い声で、スタッフルームの明るさが増した。

そこで、部屋の隅に置かれたモニターに目をやったスタッフが、「あ、上野を出るね。そろそろです」と言った。

わたしたちが受け持つ新幹線がやってくるのだ。上野を出発した頃合いで、スタッフルームからホームへ向かうと時間的にはちょうどいい。

「さあ、新幹線、掃除してやるから待ってろよ」六郎さんが威勢良く言いながら、用具入れを持ちはじめる。「首を洗って待ってろよ」

わたしたちも各自、準備をはじめる。

「待ってろよ、というか、ホームで待つのはわたしたちのほうですよ、六郎さん」三津子さんが指摘する。「あと、首を洗って、というか、洗うのは僕たちですけどね」と市川君がぼそぼそと続けた。

スタッフルームを出て、わたしたちは一列になって、新幹線ホームへ向かう。

半地下の通路を、斜め上の線路を見上げながら進んでいく。階段を越え、表側へと出る。二十三番線に立つ。二階建て新幹線Ｍａｘ、二号車を待つため、配置に着き、わたしは気を引き締める。七分間で清掃するには、それぞれが自分たちの作業を滞ることなく、こなす必要がある。

「別に、掃除の速さを競っているわけでもないからね」と以前、鶴田さんが言っていた。「たまたま、七分しかないから、その間でできる限りのことをやっているだけで」

最近は、わたしたちの新幹線清掃の仕事も雑誌やテレビで取り上げられることが増えた。自分たちのことが評価されるのは光栄で、誇らしいことではあるものの、七分間でぴかぴかに。世界最速の清掃！　とその、「仕事の速さ」や「効率性」に注目されることが多いのも事実だ。もちろん、わたしたちは精一杯頑張って、その、「七分間の清掃」をやり遂げているのだから、褒められればうれしいが鶴田さんが言うように、「十五分かけて掃除していいのだったら、十五分かけて、もっときれいにできる」という思いもある。

七分しかないから、七分で頑張っている。鶴田さんが引用した、パウエルさんの言葉ではないが、ただ、ベストを尽くしているだけだ。

アナウンスが聞こえる。下《くだ》り側から、ゆっくりとやってくる車両が見えた。

わたしはじっとホームに立ち、お辞儀をする。横に、新幹線が滑り込んでくる。自分がそのまま前に走り出すような錯覚に襲われることもある。風がかかる。新幹線がブレーキをかけ、停止したところで、わたしはお辞儀をやめる。さあ、仕事だ。

☆

スタッフルームに戻ってきたところで、スタッフの一人が、階段の近くで拾ったという画用紙を広げた。「これ、落し物扱いですよね」とテーブルの上に紙を広げる。画用紙いっぱいに、新幹線の絵が描かれていた。クレヨンを使ったものだ。子供の手によるものだと分かる。いびつな形をしているものの、何両もの車両が繋《つな》がっている様子がよく表現されていた。

「うまい絵ね」と笹熊さんが感心した。「乗客もいるし」

確かに、絵の各車両には人の形をしたイラストも描かれてあった。

「先頭のほうはまだ、車体の中に人を収めようという努力が感じられるんすけど」市川君が一両目の絵の中に描かれた小さな人を指差す。「だんだん大きくなっちゃって、人が車両から、はみ出してますよ」

最初は几帳面《きちょうめん》にやっていたのが次第に面倒臭くなってしまったのね、と誰かが言った。きっとそうだ、とわたしも微笑《ほほえ》ましく感じたのだが、そこで自分で意識するよりも先に、「何となく、人が成長していってるようにも見えますね」と発言していた。自分で言ってから、問われてもいないのに意見を口にした自分に驚いた。慌てて口を嗉《つぐ》むが、すでに出てしまった言葉はどうにもならない。

念頭にあったのは、里央のことだ。離婚してからの子育ては、毎日が慌ただしいイベントを開催しているかのようだった。思うようにならない子供に爆発しそうになる一方、かけがえのない存在に癒される。息つく暇のない毎日は、お手玉をするピエロの姿と重なった。が、子供は成長する。一日ずつ、少しずつでも確実に大きくなり、気付けばわたしの手間は減り、つい先日は、「お母さんは喋るの下手だから、わたしが説明するから」とファミリーレストランの店員に話をはじめた。生意気だなあ、と、頼もしいなあ、が交錯した。あっという間に大きくなっていく子供の成長は、いつもホームにやってくる新幹線を思わせる。轟音《ごうおん》を立てるでもなく、滑らかに走り、まばたきをしている間に遠くへ行っている。駅に到着したわずかな時間に掃除をするように、わたしは限られた時間の中で、娘に接する。

　そういった里央への思いが、その絵と結びついたのかもしれない。わたしが珍しく自分の意見を口にしたことに、スタッフのみなは少し新鮮な顔を見せた。わたしは赤面する。

「あ、二村さんのアイディア、面白いっすね」市川君が勢い良く言った。「確かにこの絵、後ろの車両に行くほど、人が大きくなっていってますもんね。そういう話があったら面白いなあ」

「そういう話ってどういう」八木さんが真面目な顔で聞き返す。

「ええと、タイムトリップとかとは違いますけど、たとえば、車両を移動するたびに時代が変わるというか」市川君は、どこか別の世界に行ってしまったかのように口数が多くなった。「一両目で、十代だった人が二号車に行くと」

「二十代に？」わたしは答えている。

　いつの間にかみなが、市川君の広げた画用紙の前に顔を寄せ合っていた。

「あ」市川君がそこで、ふわりとした声を発する。「ほら、そういえば、今日のさっきの〈はやて〉ってそんな感じありましたよね」

「さっきの〈はやて〉？」

「ええ。今のＭａｘじゃなくて、その前に作業をした〈はやて〉です。三号車の三津子さん、子供の姉妹に会ったって言ってたじゃないですか」市川君は指を突き出していた。自説をとうとうと語る学者か、もしくは、アメリカの法廷映画で見る弁護士のようでもあった。

「ああ、東京に着いたのに寝ちゃってた二人ね。お父さんを探しに来た、っていう」

「そして、六郎さんがぶつかったのも姉妹でしたよね」

「ぶつかったんじゃなくて、ぶつかられたんだけどな」

夫に縛られた生活から妹を脱け出させるために、姉のほうが東京に連れてきた、という話だった。

「さらに、ほら、八木さんが会ったのは」

市川君に言われた八木さんは、「伯母を迎えに来た甥御さんだったけれど」と答える。

「母方の伯母ってことはほら」「それも姉妹ってことか」「でも、それが何なのよ」

「それが全部同じ姉妹だったら、どうします？」市川君が目を輝かせた。

わたしたちはみな、すぐには反応できない。ショックを受けたというよりは、あまりに馬鹿げた話に、何と声をかけてあげたらいいのか、とためらった。

「同じ姉妹って、何それ」三津子さんが眉をひそめる。「だって、わたしが見たのは子供だったのよ」

「だから、後ろの車両に行くほど成長してるんですよ。子供の姉妹が、六号車では、大人になって現われたんじゃないですかね」

六郎さんが、八木さんと顔を見合わせた。

わたしもさすがに鼻白んだが、思い出すものもあった。「わたしのところで、お母さんに抱えられた子が靴下落としてましたよ」

「あ、ほら」市川君が勝ち誇った声を上げる。「二村さん、二号車でしたから、三津子さんの見つけた姉妹よりも、さらに時代が遡るんですよ。だから、一歳とか二歳とかで」

「姉妹ではなかったですよ。お母さんに抱えられた女の子一人です」わたしは咄嗟《とっさ》に口にしてから、市川君をがっかりさせたかな、と後悔した。が、彼は意気消沈するどころか意気揚々となり、「それはほら、妹さんが生まれる前の時代だからですよ」と言った。「そういう意味では僕たちが遭遇したのは、姉妹じゃなくて、お姉さんのほうの人生ってことですかね」

「ことですかね、と言われてもなあ」六郎さんが呆れる。

「市川君が、いつになく興奮してるのは楽しいけれど」

「でも、そのお姉さんの一生を思うと、何だかいろいろ考えさせられますよね」八木さんが例の低音でぼそりと言うと、床が振動し、こちらのおなかに響くかのようだ。

「え、どういうこと？」

「だって、子供の時は、お父さんを探すために妹と一緒に東京に来て、大人になったら、妹を夫から助けて」

「妹のせいで、結婚もできなかったみたいだったし？」三津子さんが言う。「ああ、でも、グリーン車を手配してくれる甥っ子はいたってことね」

市川君は腕を組み、うなずく。「甥御さんというのはつまり、その妹さんの息子ってことですよね。DV夫との子供なのかどうかは分からないですけど、とにかく、育児放棄の母親にかわって、そのお姉さんが、親代わりになったわけで」

「妹のために、人生を使っていたような人なのかなあ」と八木さんが言う。

わたしたちはそこで、また静かになった。今度は、市川君の、「憶測の力説」「妄想の押し売り」に気圧《けお》されたというよりは、その架空の、「姉」の人生に思いを馳《は》せるような感覚になったからだろう。少なくともわたしはそうだった。

「でもさ、全部、市川君の想像物語だよね」と冷静に言ったのは笹熊さんだったが、市川君はもはや、停車するつもりのない運転士のような勇ましさで、「後藤田《ごとうだ》さんはさっきの〈はやて〉の仕事の時、何かありませんでした？」と五号車を受け持っていた主婦の後藤田さんに目を向けた。

え、わたし？　少し離れた席でのんびりしていた後藤田さんは急な指名に、顔を引き攣らせた。「何か、って」と記憶を辿《たど》るような顔になる。

「姉妹がいませんでしたか？」

「市川君、刑事みたいになってるぞ」

「だって、わたしが仕事する時は、乗客は下りちゃってるからね」後藤田さんは言いかけたが、そこで、「ああ、そういえば」と声の調子を変えた。

「何かありましたか」市川君が前のめりになる。

「姉妹とかじゃないけど、酔っぱらいがいたみたい。降りてくる時に、誰かがそのことを話しているのが聞こえてきたけれど」

「酔っ払い？」

「そう。若い女の人が絡まれて、でも、近くにいた乗客が助けてあげたんだって。恰好良かったらしいけれどね」

「恰好いい？　酔っ払いが？」

「やあねえ、三津子さん。助けた人が、ですよ。こう、何て言うの、拳法というか、あちょーってやっつけたらしいのよ。本当か嘘か分からないけれど」

「あちょー、って」笹熊さんが苦笑した。が、そこでわたしは、あれその話、と気が付いた。笹熊さん自身もそうだったのか、「あれ」と言う。他の人たちもそうだった。「どこかで聞いたことあるね」と。

　言葉に出したのは、六郎さんだった。「それ、鶴ちゃんが昔言ってたよな」

「え、何のこと」当の後藤田さんは状況が呑《の》み込めないのだろう、なぜなら、鶴田さんが若い頃に酔っぱらいに絡まれた話を知らないからだろうが、「わたし、変なこと言っちゃった？」と周囲をきょろきょろしている。

　わたしは、笹熊さんに視線をやり、それから三津子さん、六郎さんとも顔を見合わせた。まさかね、と思いつつも心の中で、膨らむ考えを抑えられない。

「鶴田さんの人生？」誰かがそれを口にした時、スタッフルームのドアが開き、垣崎所長が入ってきた。

☆

どう、鶴田さんいないけれど、問題は起きていない？

垣崎所長は、みなを見回した。

「大丈夫ですよ」と笹熊さんが答えた。

「垣崎さん、あのさ」すぐさま六郎さんが手を挙げた。成績はよろしくないが、憎めない生徒といった様子の六郎さんは、「成績はよろしくないものの憎めない生徒」ならではの人懐こさで、上司だろうが誰だろうが、いつだって気軽に接した。「鶴ちゃんの妹さんの話って聞いたことある？」

「鶴田さんの妹さん？」垣崎さんは姿勢よく、司令官じみた立ち姿で、ぼそっと呟《つぶや》く。

「いや、鶴田さんのことってわたしたち意外に知らなかったなあ、と思って」三津子さんが言葉を足した。

「言われてみれば、私もあまり知らないなあ」垣崎さんは答える。

まあそうですよね、とみなが反応しかけたが、垣崎さんが、「あ、そういえば、甥御さんのことを言っていたから、そういう兄弟か姉妹はいるのかな」とぼそりと言うものだから、わたしたちは色めきたった。もちろん一番興奮したのは市川君だ。「垣崎さん、それ妹さんの息子さんですよね。鶴田さん、その甥御さんのことを一生懸命育てたんじゃないですか」

まくし立ててくる市川君に驚きつつも垣崎さんは、「そんなことまでは分からないよ。どうしたの、みんな」と苦笑した。「ああ、でも」

「何ですか」市川君と笹熊さんが同時に尋ねる。

「いや、確か、少し前に甥御さん、亡くなっちゃったんじゃないかなあ」

え、と誰かが息を止めるようにし、驚いた。

「事故だったか病気だったか。まだ若かったはずだけれど、バイク事故とかだったかなあ。前に、鶴田さんが何かの拍子に言っていた気がするよ。たぶん、この仕事はじめる前のことだったんじゃないかな」

わたしは胸が締められる感覚に襲われた。

身体の芯を絞られ、体に穴が空く。咄嗟に頭の中で、「妹のため、甥のために人生の時間を費やした鶴田さんには、何も残らなかった」と、人生を安直に要約していた。

鶴田さんの一生とはいったい何だったのか、と。

「まさかなあ」六郎さんが顔を引き攣らせ、首をひねる。八木さんも、「何だか、うっかり、信じちゃいそうになりますね」と低音で呟く。おいおい、みんなどうしたの、と垣崎さんは相変らず状況が呑み込めず、戸惑っていた。

するど無線連絡が入ったらしく、耳のイヤフォンを触りながら垣崎さんは、応答の声を発し、部屋の隅に移動した。残ったわたしたちはしんみりとその場で顔を見合わせる。

「鶴田さん、いろいろあったんですね」市川君が神妙な声を発した。

「まあ、そりゃみんないろいろありますよ」八木さんは答えた。

「ちょっと何、みんな信じちゃってるわけ？」そう笑う三津子さんも、どこか顔は緊張していた。「鶴田さんの一生が、新幹線に乗ってきた、なんてあるわけないでしょ」

「まあ、そうだよねえ」笹熊さんは腕を組む。「市川君の力説に、丸め込まれそう。ねえ、二村さん」

ああ、はい。わたしは曖昧に答えたが一方で、鶴田さんから教わった言葉も思い出していた。パウエル国務長官の教え、「常にベストをつくくせ。見る人は見ている」だ。

見る人は見ている。いったい誰が？　そう聞き返したい時が、わたしにもあった。誰が見てくれているの、と毒づきたくなることが。もしかすると、鶴田さん自身もそう感じたことはあるのではないだろうか。「スプーンひとさじの砂糖があれば、仕事も楽しい」とメリー・ポピンズの歌を口ずさんでいた鶴田さんは、もしかすると仕事だけではなく自分の人生のこともそうやって好きになろうとしていたのかもしれない。どんな花にも蜜がある。どんな仕事にも砂糖はある。どんな人生でも価値はある、と鶴田さんは言い聞かせていたのではないか。わたしは勝手に想像し、ますます息苦しくなる。世界で千番目くらいに大変、とそう思いながら、乗り越えてきたのだろうか。

やがて、「見る人は見ている」ともう一度その言葉を反芻《はんすう》した後で、そうか、と気付いた。鶴田さんの人生を、わたしたちが見たことになるのではないか。先ほどの、〈はやて〉の各車両で、わたしたちがそれぞれ分担し、ベストを尽くしてきた鶴田さんを見た。そういうことではないか。そういうこと？

でもそうなると、鶴田さんの生涯の総決算、走馬灯のようで、どうにも縁起が悪い。わたしは自分の考えを振り払ったが、そこで垣崎さんが、「みんな、朗報！」と快活な声を出した。「今、事務所に連絡が入ったそうだけど、鶴田さん、意識戻ったって」

わあ、とスタッフルームに歓声が上がった。応援するチームが、得点を上げたかのようだ。知らず、わたしも手を叩いている。

「いや、そうだよ。鶴ちゃんがそう簡単に」と六郎さんの言い方も明るくなった。

わたしは安堵《あんど》を覚えたが、急に垣崎さんが、「あ、それから、二村さん」と名前を呼んでくるのではっとする。「ええと今、事務所のほうに連絡があったらしいんだけれど、小学校から電話があったようだよ」

小学校？　どこの学校？　わたしの？　と思考が追いつかない。「ほら、娘さんの学校からじゃないかな」と説明され、やっと状況が呑み込めた。

みながわたしを見るが、そのことに緊張している場合ではない。学校から呼び出しとは、里央に何かあったのか。

「緊急だったら大変だろうから、電話をかけてみていいよ」と垣崎さんに言われ、わたしは恐縮しつつも自分のバッグのところに行き、取り出した電話を操作する。

電話のコール音が異様に長く感じられた。担任の教師に繋がると、名乗る前から、「里央、どうなんですか」と取り乱すように言ってしまった。

「実は里央ちゃん、少し体調が悪くなってしまって」と答えがあるため、「心配」がどっと体の中に溢れたが、話を聞いているうちに、事態は深刻ではないと分かり、落ち着いた。

食物アレルギーによる湿疹《しっしん》が出たらしい。幼稚園の頃に比べるとほとんど症状が治まっていたのだが、やはり完全に克服したわけではないのだろう。薬を飲めば、症状は楽になるはずだ。里央自身も保健室で横になっていれば大丈夫、と言っているらしいが、担任教師としては念のため、と電話をかけてきたようだ。

わたしは一度電話を切ったが、ちょうどそこで着信があった。学校からかけ直してきたのかと思えば、表示されている発信者名は、母の名前だった。反射的に受話ボタンを押すと、母の声が、「今、家にいる?」と呑気《のんき》に言ってくるので、かちんと来た。それどころじゃないんだから、と怒りかけたが、「近くの駅まで来ている」と言われ、思い留《とど》まった。

里央を学校に迎えに行ってあげてくれないか、と頼んでみることにしたのだ。

今日の作業分担はすでに決まっている上に、鶴田さんも休みであるから、できれば仕事場を離れることは避けたかった。里央の体調も気にはかかるが、緊急度や深刻度からすれば、このまま仕事をやり遂げるほうが誰にも迷惑がかからない。

母の反応は想像できた。おそらく、大きな溜め息を吐き、「子供のために早退もできないような仕事なんてしているからよ」と批判口調で言ってくるのではないか。

とはいえ、背に腹は代えられない。何を言われても甘んじて受けよう。

が、予想に反し、母は軽やかな声を出した。「じゃあ、里央を迎えに行けばいいのね。了解」と大人しく、こちらの指示を聞いた。危うく、わたしのほうが驚きそうになった。

電話を切る前に、「本当はわたしが行ければいいんだけれどね」と言ってみたのだが、すると母は、「あなただって、大事な仕事してるんだから、しょうがないよ」と答えた。

「え」

「チームでやってるんでしょ。この間、新幹線に乗る時、わたし、清掃の仕事の人たち見かけたのよ。大変なことやってるのねえ」

「ああ、うん」わたしは言葉が続かなかった。

「時にはわたしを頼っていいからね」と母は言った後で、「まあ、嫌だろうけど」と笑った。切った電話を少しの間、ぼんやり眺めてしまう。ほどなく、垣崎さんに状況を説明した。

そこで、「あ、そうか」と突如、市川君が指を鳴らした。

何事か、と驚いているわたしたちを尻目に彼は、用具入れのほうへ行き、紙を取り出してきた。「これ、ほら、さっきの〈はやて〉で落ちてたやつなんですけど」と言う。

「おいおい、次は何なんだよ」「また、鶴田さんの人生?」

みなが言う中、市川君が自信満々の表情でそのチラシを、ぱっと広げる。「ほら、これも、鶴田さんの人生の一部ですよね。人生というか、歴史というか」

何のチラシなのか、とわたしは首を伸ばし、その紙を覗《のぞ》いた。これがどうかしたのか、と動揺し、それから噴き出さずにいられなかった。

チラシは、「人類の起源展」のもので、原人の絵が描かれている。

「鶴田さんの歴史という意味では、関連があるのかもしれません。一号車だから、遡るわけですし」

原人が？　八木さんが訊ねる。

「ええ。鶴田さんの人生を遡れば、ここに繋がっていますから。ほら、全部、繋がっています」

だからと言って、類人猿はさすがに、とわたしは笑う。

遡りすぎだろうに、と六郎さんが怒った。

〈参考・引用文献〉
『新幹線お掃除の天使たち「世界一の現場力」はどう生まれたか？』遠藤功著　あさ出版
『リーダーを目指す人の心得』コリン・パウエル、トニー・コルツ著、井口耕二訳　飛鳥新社

　東京駅での新幹線清掃について、テッセイの仕事を取材させていただきました。矢部さんをはじめ、現場のみなさんには本当にお世話になりました。同行してくださった、あさ出版の井手さんにも助けられました。どうもありがとうございます。

編集後記

大矢博子（書評家）

お仕事小説アンソロジー『エール！』の第3巻をお届けします。

仕事は好きなんだけど、やりがいもあるんだけど、でも今日はちょっと疲れちゃったな――そういうときに読んで欲しいという思いで編んだこの応援アンソロジーも、これで完結。今回のヒロインは公務員にシングルマザー、八十六歳のおばあちゃんなどなど、これまで以上に多彩です。お気に入りの作品は見つかりましたか？

第3巻にも、これまで同様六人の作家さんが参加して下さいました。

原田マハさん「**ヴィーナスの誕生**」は運送会社の美術輸送班で働く女性が主人公。美術館やデパートなどで開催される、海外の有名な美術品の展覧会に行ったことはありませんか？　世界にふたつとない芸術品を日本にいながらにして見られるのは、こうして展覧会を企画し、スペシャルな技術を持って輸送してくれる人たちがいるからこそ。『楽園のカンヴァス』『ジヴェルニーの食卓』で知られる原田さんらしい、アートのために働く人たちへのリスペクトと感謝のこもった一作です。

日明恩さん「**心晴《こはる》日和**」のヒロインは東京消防庁災害救急情報センター勤務。一一九番通報したときに電話を受けてくれる人です。実は彼女は消防士志望で、センターの仕事にはあまり情熱を感じられなかったのですが――。うまく喋《しゃべ》れない要救助者の居場所を特定しようとするセンターの様子は緊迫感満点です。

がらっと雰囲気は変わってベビーシッターの日常がテーマの「**ラブ・ミー・テンダー**」を書いて下さったのは**森谷明子**さん。お母さんにかわって子守りをしてくれる人、という認識しかありませんでしたが、これを読んで、こんな細かいところまで目配りが要求されるのかと驚かされました。またこの作品は、とてもキュートな家族小説でもあります。

山本幸久さんの「**クール**」は異色作です。ここにはふたりの働く女性が登場します。ひとりは農業を営む八十六歳の女性、ゑいさん。このシリーズ最年長のヒロインです。そしてもうひとりは、テレビ局のアナウンサー。ゑいさんと、彼女の住む村を取材にやってきたアナウンサーの出会いが思わぬ化学変化を生みます。

吉永南央さん「**シンプル・マインド**」はイベント企画会社勤務の女性が主人公。イベントに参加してもらうことになっていた地元出身のピアニストが、いきなり前日にドタキャンを通告してきます。さて困った、いったいなぜ——？　この物語のポイントは、舞台が地方都市であるということ。知り合いばかりの、しがらみの濃い地方都市で仕事をしている方は、「わかるわかる！」と思っていただけるのでは。

そしてこのアンソロジーの掉尾を飾るのは**伊坂幸太郎**さん「**彗星《すいせい》さんたち**」です。主人公の仕事は新幹線の掃除。東京駅に入線し、また発車するまでのわずかな時間で、車内をきれいにします。その段取りとチームワークの良さは、実際に駅で目にしたことがある人も多いでしょう。本編では、そんなチームのみんなが出会ったある不思議な出来事が綴られます。

半年ごとに一冊ずつお届けしてきた『エール！』全三巻、お楽しみいただけたでしょうか。働く女性に元気を——と思って始めた企画でしたが、それだけでなく、普段の何気ない買物やレジャーの中で、これまで見えなかった「中の人」の存在を意識するようになった、という声を多くいただいたのは嬉《うれ》しい驚きでした。

この第3巻を読んだあとで、新幹線に乗ったり美術展に行ったりすると、きっとこれまでとは違ったところに目がいくようになると思います。それと同じように、あななたの仕事もきっと誰かが見ています。顔も名前も知らない人が、あなたの仕事を見て元気づけられたり、快適に過ごせたりしてるんです。このアンソロジーは、そんなあなたへのエールです。

最後になりましたが、この企画の趣旨に賛同して素晴らしい物語を書き下ろして下さった十八人の作家さんにお礼を申し上げます。

そしてそれをとりまとめ、三冊の本にして下さった実業之日本社の加古さん。校正さん、デザイナーさん、営業さん、流通に携わって下さった人、そして書店員さんに感謝を。

企画者や作家だけでは本は出来ません。本に名前の載らない、たくさんの人のおかげで一冊の本が読者に届きます。ここにもまた、働く人がいるのです。

では、1巻の編集後記と同じ言葉で、このアンソロジーを締めましょう。

疲れてる人も、張り切ってる人も、忙しい人も、そうでない人も、そしてこれから社会に出る人も。

今日も元気で、行ってらっしゃい！

収録作品は、すべて書き下ろしです。

《実業之日本社文庫》「お仕事小説アンソロジー」シリーズ好評既刊

働くあなたへの応援歌

エール！ 1

泣けます。笑えます。元気になれます！

大崎 梢 ●漫画家
ウェイク・アップ

平山瑞穂 ●通信講座講師
六畳ひと間のＬＡ

青井夏海 ●プラネタリウム解説員
金環日食を見よう

小路幸也 ●ディスプレイデザイナー
イッツ・ア・スモール・ワールド

碧野 圭 ●スポーツ・ライター
わずか四分間の輝き

近藤史恵 ●ツアー・コンダクター
終わった恋とジェット・ラグ

仕事疲れに効く！

エール！2

事件と謎解きも、恋と友情もあります。

坂木司　水生大海　拓未司　垣谷美雨　光原百合　初野晴

◉スイミングインストラクター
ジャグジー・トーク

◉社会保険労務士
五度目の春のヒヨコ

◉宅配ピザ店店長
晴れのちバイトくん

◉遺品整理会社社員
心の隙間を灯で埋めて

◉コミュニティFMパーソナリティー
黄昏飛行

◉OL
ヘブンリーシンフォニー

実業之日本社文庫　最新刊

碧野 圭
全部抱きしめて
ダブル不倫の果てに離婚した女の前に7歳年下の元恋人が現れて……。大ヒット『書店ガール』の著者が放つ新境地。〝究極の〟不倫小説！（解説・小手鞠るい）
あ54

北 杜夫
マンボウ最後の名推理
マンボウ探偵、迷宮を泳ぐ――北氏が豪華客船で起きた殺人事件の解明に挑むが、周囲は大混乱に……爆笑ユーモア小説、待望の文庫化！（解説・齋藤喜美子）
き23

堂場瞬一
20　堂場瞬一スポーツ小説コレクション
ルーキーが相手打線を無安打無得点に抑え、迎えた9回表に投じる20球。快挙達成なるか!?　堂場野球小説の最高傑作、渾身の書き下ろし！

と19

鳥羽 亮
怨み河岸　剣客旗本奮闘記
浜町河岸で起こった殺しの背後に黒幕が!?　非役の旗本・青井市之介の正義の剣が冴えわたる、絶好調時代書き下ろしシリーズ第5弾！
と25

原田マハ
星がひとつほしいとの祈り
時代がどんな暗雲におおわれようとも、あなたという星は輝きつづける――注目の著者が静かな筆致で女性たちの人生を描く、感動の7話。（解説・藤田香織）
は41

東川篤哉
放課後はミステリーとともに
鯉ケ窪学園の放課後は謎の事件でいっぱい。探偵部副部長・霧ケ峰涼のギャグは冴えるが推理は五里霧中。果たして謎を解くのは誰？（解説・三島政幸）
ひ41

原田マハ／日明恩／森谷明子／山本幸久／吉永南央／伊坂幸太郎
エール！ 3
新幹線の清掃スタッフ、ベビーシッター、運送会社の美術輸送班……人気作家競演のお仕事小説集第3弾。書評家・大矢博子責任編集。
ん13

実業之日本社文庫 ん13

エール！3

2013年10月15日　初版第一刷発行

著　者　原田《はらだ》マハ　日明《たちもり》　恩《めぐみ》　森谷《もりや》明子《あきこ》
　　　　山本《やまもと》幸久《ゆきひさ》　吉永《よしなが》南央《なお》　伊坂《いさか》幸太郎《こうたろう》
発行者　村山秀夫
発行所　株式会社実業之日本社
　　　　〒104-8233　東京都中央区京橋 3-7-5 京橋スクエア
　　　　電話 [編集]03(3562)2051 [販売]03(3535)4441
　　　　ホームページ　http://www.j-n.co.jp/
印刷所　大日本印刷株式会社
製本所　大日本印刷株式会社

フォーマットデザイン　鈴木正道(Suzuki Design)

ISBN978-4-408-55147-0（文芸）